D1081118

Même le livre se transforme !
Faites défiler rapidement
les pages et regardez...

Déjà parus dans la série

ANIMORPHS

K. A. Applegate

LA DÉCISON

Traduit de l'américain
par Mona de Pracontal

Les éditions Scholastic

Pour Michael et Jake

Données de catalogage avant publication (Canada)

Applegate, Katherine
La décision

(Animorphs; 18)
Traduction de : The decision.
ISBN 0-439-00514-0

I. Pracontal, Mona de. II. Titre. III. Collection.
PZ23.A6485Dec 1999   j813'.54   C99-931378-9

Illustrations de couverture : David B. Mattingly

Édition publiée par Les éditions Scholastic, 175, Hillmount Road,
Markham (Ontario) Canada L6C 1Z7.

4321   Imprimé en France   9/901234/0
N° d'impression : 47431

CHAPITRE

1

Je m'appelle Aximili-Esgarrouth-Isthil.

J'ignore si mes frères andalites reconnaîtront un jour ce nom. A mon avis, l'histoire que je m'apprête à vous raconter sera en partie évoquée dans les publications scientifiques. Ce que je veux dire, c'est que l'incident qui m'est arrivé a radicalement bouleversé la science de l'extrusion de masse en Espace-Zéro pendant l'animorphe.

Mais je doute que mon vrai nom soit utilisé. Je doute que la vérité soit dévoilée tout entière. Et je crois que cela vaut mieux. Voyez-vous, il y a des traîtres parmi nous. Oui, des traîtres parmi nos frères andalites. Des Andalites au service des Yirks.

Je suis le seul Andalite vivant à avoir été témoin de l'incident de l'*Ascalin*. Moi seul – en dehors de mes amis humains, prince Jake, Cassie, Tobias, Rachel et

Marco – sais ce qui s'est vraiment passé à bord de ce vaisseau spatial, sur la planète Leira ravagée par la guerre.

Je le sais, il paraît inconcevable qu'un Andalite puisse trahir. Cette simple idée a de quoi rendre malade n'importe quel Andalite normalement constitué. Je dis la vérité, pourtant. L'incident de l'*Ascalin* s'est bel et bien produit. Nous avons été trahis par l'un des nôtres.

Je me nomme Aximili-Esgarrouth-Isthil, et je suis le frère d'Elfangor-Sirinial-Shamtul. Je jure sur sa mémoire que tout ce que je vais raconter ici est exact.

Je suis le seul Andalite présent sur la planète Terre à l'heure actuelle. Ne perdez pas votre temps à chercher des informations sur la Terre ; vous ne trouveriez pas grand-chose. La vérité, c'est que nous avons perdu un vaisseau Dôme qui stationnait en orbite au-dessus de cette planète. Les Yirks l'ont détruit. Nous avons également perdu mon frère, le prince Elfangor, dans ce combat. Mais avant de mourir, Elfangor a enfreint notre loi et révélé le secret andalite du pouvoir de l'animorphe à cinq jeunes humains.

Les Yirks s'attaquent à cette planète, maintenant. Ils envahissent la Terre en procédant de leur façon habituelle. C'est un jeu d'enfant, pour les limaces parasites yirks, de s'introduire dans la tête des humains et de se fondre autour de leur cerveau. De réduire les humains en esclavage, comme ils l'ont fait pour les Hork-Bajirs et les Gedds. Comme ils espèrent le faire avec nous, un jour.

Je vis parmi ces humains, désormais. Avec les jeunes humains qui ont reçu d'Elfangor le pouvoir de l'animorphe. Ils se sont donné le nom d'Animorphs. Ils luttent contre l'invasion des Yirks. Et ils sont les seuls, autant que je sache.

Je vis avec des humains. Je les respecte. Cependant, mes cœurs sont restés andalites. Quoiqu'on puisse jamais dire à mon sujet ou au sujet de ce qui s'est passé sur Leira, je demeure loyal envers mon peuple.

Pourtant, il m'arrive maintenant de me poser des questions : qui est mon véritable peuple ? Ma race, mon espèce ? Ma famille ? Mes amis ? Mes alliés ?

Mes amis humains tiennent absolument à me donner un diminutif : ils m'appellent Ax. Vous comprenez, les humains communiquent principalement par des sons qu'ils produisent avec leur bouche. (La plupart des Andalites comprennent le concept de « bouche », je pense.) Or, si mon nom entier est facile à prononcer en parole mentale andalite, il est un peu trop long et complexe pour l'outil primitif que constituent les sons buccaux des humains.

Je suis seul sur cette planète. Seul de mon espèce. L'unique Andalite parmi tous les humains de la planète. J'ai donc recouru à la technologie de l'animorphe pour créer une animorphe humaine. Parfois, pendant deux heures d'affilée, je me transforme en humain et je me fais passer pour l'un d'eux.

En toute modestie, je dois dire que je suis très fort pour jouer les humains. J'ai appris leurs us et coutumes à la perfection, de sorte que je parais entièrement normal et naturel en homme.

Cela me permet même de fréquenter les lieux les plus typiquement humains. Le centre commercial, par exemple. Un centre commercial est un lieu plein de magasins, qui vendent pour la plupart de la peau artificielle et des sabots artificiels – des vêtements et des chaussures, pour employer les termes techniques.

Le centre commercial abrite également les plus merveilleux des établissements d'alimentation. Car, voyez-vous, les humains ne se servent pas seulement de leur bouche pour produire des sons, mais aussi pour s'alimenter. Ils mettent de la nourriture dans leur ouverture buccale et la broient entre leurs dents, tout en y incorporant de la salive. Ce procédé, qu'ils appellent manger met en jeu un sens du nom de goût.

Le goût est quelque chose de très, très puissant.

Oh oui…

J'étais vêtu de peau et de sabots artificiels, comme un humain. Je me suis approché de mon magasin d'alimentation préféré.

— Bonjour, ai-je dit en actionnant ma bouche humaine. Je veux travailler pour de l'argent. Ar-gent. Rrrgent.

(Petite parenthèse : l'argent est une invention humaine assez abstraite. Vous donnez des quantités variables d'argent à divers membres de la société et eux, en échange, vous remettent des articles utiles.)

— Tu veux commander quelque chose ? m'a répondu l'humain.

— J'ai besoin d'argent afin de pouvoir l'échanger contre de savoureux beignets à la cannelle, ai-je expliqué.

L'humain a cligné des yeux.

— Bon, alors, tu veux commander quelque chose, ou non ?

De toute évidence, j'avais affaire à un spécimen sous-intelligent.

— Je souhaite accomplir un travail, tra-vail, aïe, ay-yeu, et recevoir de l'argent de vous. Je souhaite ensuite utiliser cet argent pour acquérir de savoureux beignets à la cannelle. Nelle, nelle.

— Je vais chercher la gérante.

— Beignets, gnè, ai-je répété.

Je trouve le son « gnè » particulièrement agréable : il roule dans la bouche. Beaucoup de sons buccaux sont divertissants.

La gérante est arrivée et je lui ai exposé ma requête.

— Bien, a-t-elle répondu. Je ne peux pas te faire travailler, à mon avis tu es trop jeune. Mais si tu as faim, tu pourrais débarrasser quelques tables et je te donnerais quelque chose à manger en échange.

Cela me paraissait tout à fait acceptable.

— Pauvre gosse, a-t-elle dit à l'autre humain tandis que je me dirigeais vers les tables, il a l'air un peu dérangé, mais c'est un beau garçon.

J'ai vite compris ce qu'elle voulait dire par débarrasser : dans cette partie du centre commercial, il y avait plusieurs tables, entourées de sièges sur lesquels on se place pour s'alimenter. Les tables étaient couvertes de choses délicieuses !

Sur la première, j'ai trouvé de fins triangles salés, gras et croustillants, recouverts d'une sécrétion jaune vif. Je les ai mangés, ils étaient excellents.

A la table suivante, il y avait des liquides. Je les ai bus. L'un était chaud, l'autre froid. A côté des liquides, j'ai trouvé un carré de papier froissé. Il contenait un produit rougeâtre et semi-liquide. Je l'ai léché. C'était bon, mais rien d'extraordinaire.

Puis, enfin, j'ai repéré ce que je voulais. Deux énormes beignets à la cannelle, brillants, tout chauds. Deux humains étaient assis très près de ces beignets.

Ils allaient les manger !

J'ai foncé aussi vite que me le permettaient mes jambes bancales d'humain.

— Je débarrasse ces tables ! Je débarrasse ces tables !

Les humains m'ont dévisagé.

— On n'a pas encore commencé !

— Bien ! ai-je répondu avec soulagement.

J'ai attrapé les deux beignets à la cannelle et je les ai emportés.

— Hé ! Toi ! Arrête-toi !

Vite, j'en ai fourré un dans ma bouche. Quelle joie ! Ah ! Comment pourrais-je expliquer cela à un Andalite qui n'a jamais possédé le sens du goût ? Cette sensation ! Un plaisir qui dépasse l'imagination. La tiédeur tendre et poisseuse d'un beignet à la cannelle !

– Qu'est-ce que tu fais ? s'est écriée la gérante, qui avait accouru.

– Ggueu guébarrasse les tabb… ai-je répondu.

Il est très difficile de parler en mangeant. Encore un des nombreux défauts de conception de l'organisme humain.

– Je suis vraiment désolée, a dit la gérante aux humains qui essayaient de me reprendre mes beignets à la cannelle. Je vais vous en apporter d'autres. Et toi – elle a tendu vers moi un de ses doigts humains, énergiques bien que ridiculement courts – viens avec moi.

Elle m'a tiré par le bras, ce qui m'a fait perdre un morceau de beignet que je mettais dans ma bouche. Elle m'a emmené à l'intérieur de l'établissement d'alimentation et m'a fait asseoir sur une chaise. Cela signifie plier les deux jambes et faire reposer le poids du corps sur une plateforme horizontale et légèrement en hauteur, par l'intermédiaire de deux coussinets charnus situés en haut des jambes. Un peu difficile à visualiser quand on ne l'a jamais vu faire en vrai.

– Bon, maintenant, écoute-moi. Si tu as si faim que ça, il y a là un plateau de beignets à la cannelle qui sont juste un peu rassis. Sers-toi, si tu veux. Pauvre petit.

Elle m'a montré du doigt un assortiment de beignets. Il y en avait peut-être une douzaine !

– Pour moi ? ai-je demandé d'une voix étranglée par l'émotion.

– Oui, mon petit. Vas-y, prends-en un.

Là, j'aimerais apporter une dernière précision : le langage buccal humain est parfois très vague. « Prends-en un », avait-elle dit.

Un quoi ?

Un beignet à la cannelle ?

Un plateau entier de beignets à la cannelle ?

Alors, est-ce ma faute s'il y a eu malentendu ?

CHAPITRE
2

— **J**e me promenais donc dans la galerie des snacks, raconta Marco. Gentiment, sans embêter personne, et je me suis dit : « Tiens, mon petit Marco, si tu t'offrais une petite friandise ? » A ce moment-là, j'ai vu la foule et les pompiers rassemblés autour de la Maison du beignet.

Marco est un de mes amis humains. Il est plus petit que certains humains de son âge. Il a les cheveux bruns, les yeux noirs, et il aime faire des plaisanteries. Les plaisanteries, c'est de l'humour. L'humour est plus fréquent chez les humains que chez les Andalites.

Je crois qu'ils ont besoin de recourir à l'humour. Ça les aide à surmonter leur gêne d'être aussi bancals sur ces deux jambes ridicules.

— Et je vous jure, ça m'a fait un de ces chocs. Je veux dire que j'ai tout de suite su que, d'une façon ou d'une autre, Axos était mêlé à l'affaire. Alors je suis allé voir et j'ai demandé à quelqu'un ce qui se passait. Elle m'a dit…

– Elle ? l'a interrompu Rachel. Laisse-moi deviner. Une jolie fille qui ne t'adresserait même pas la parole en temps normal ? Tu t'es dit que, comme il y avait urgence médicale, c'était l'occasion rêvée de l'aborder ?

– Exactement.

Rachel est un humain femelle. Elle a les cheveux dorés et les yeux bleus. Elle est grande pour son âge.

– En tout cas, elle m'a dit qu'un gosse avait pété les plombs et qu'il avait mangé un plateau entier de beignets à la cannelle. Alors je vous demande, qui connaissons-nous qui soit capable de manger un plateau entier de beignets à la cannelle ?

Marco, Rachel et les autres – prince Jake, Cassie et Tobias – m'ont tous regardé en étirant les coins de leur bouche pour produire des sourires. Tous sauf Tobias, qui est un nothlit : une personne prisonnière d'une animorphe. Tobias est un faucon, il n'a pas de lèvres.

J'ai eu le sentiment que je devais dire quelque chose.

< Je n'étais pas conscient des normes spécifiques de l'estomac humain. Il semble qu'il y ait un genre de

limite à la quantité de nourriture que l'on peut ingérer. Le dépassement de cette limite provoque une sensation déplaisante dans la zone de l'estomac. Ça m'a également donné des vertiges. >

– Le taux de sucre le plus élevé du siècle, a dit Cassie.

Cassie n'est pas plus grande que Marco. Elle a les yeux et les cheveux foncés. Cassie s'intéresse beaucoup aux animaux. Par animaux, les humains entendent tous les autres êtres vivants en dehors d'eux.

J'avais quitté mon animorphe humaine et repris mon propre corps. Nous étions dans la forêt qui commence à la lisière des champs qui entourent la ferme de Cassie. C'est là que je vis. Avec Tobias. Lui mange des souris, en général le matin. Moi, je sors de la forêt la nuit pour aller courir à travers les pâturages et absorber l'herbe par mes sabots, comme sont censées le faire toutes les créatures raisonnables.

Nous attendions dans les bois l'arrivée d'un étrange allié : Erek, le Chey.

Les Cheys sont des androïdes. Ils ont été créés par une espèce aujourd'hui disparue, les Pémalites. Les Cheys et les derniers survivants pémalites sont arrivés sur Terre il y a quelques milliers d'années. Ils fuyaient la destruction de leur planète natale. Les Pémalites n'ont pas survécu. Leurs androïdes, créatures non violentes dotées d'un grand sens moral et de remarquables pouvoirs, ont traversé les siècles*.

Prince Jake a regardé sa montre. Les humains ont un problème avec le temps. Ils sont sans arrêt persuadés qu'il est plus tard ou plus tôt qu'ils ne le pensaient. Je n'ai encore jamais entendu un humain s'exclamer : « Oh, regardez, il est exactement l'heure que je croyais. »

– J'allais dire qu'Erek était en retard, a dit prince Jake, mais il est plus tôt que je ne le pensais.

Vous voyez ?

< Le voici qui arrive, a prévenu Tobias. Il peut se déplacer très discrètement quand il le veut, mais je le vois d'ici. >

Les faucons ont une ouïe excellente, ainsi qu'une vision véritablement extraordinaire. Il n'empêche qu'ils ne peuvent regarder que dans une seule direction à la fois, comme les humains.

Erek s'est approché – parfaitement à l'heure bien sûr. Il avait l'aspect d'un garçon humain normal.

* voir *L'Androïde* (Animorphs n°10)

Naturellement, c'est juste une illusion holographique très sophistiquée. Sous l'hologramme se trouve un androïde métallique gris et blanc, qui ressemble un peu à un chien terrestre dressé sur les pattes arrière.

Les Cheys sont incapables de violence. La non-violence est un principe inscrit dans leur programme. Pourtant, avec notre aide, Erek a pu désactiver cette fonction. Il nous a sauvé la vie à tous lors d'un combat terrible. Mais ensuite, il a choisi de renoncer au pouvoir de se battre.

Cependant, bien qu'ils ne puissent pas se battre, les Cheys sont parvenus à infiltrer les activités yirks sur Terre. De temps à autre, Erek nous livre de précieuses informations.

– Bonjour tout le monde, a-t-il dit.

– Salut Erek, a fait Marco. Quoi de neuf ?

Il a haussé les épaules, exactement comme l'aurait fait n'importe quel garçon humain de l'âge qu'il semblait avoir.

– Pas grand-chose. Juste un truc bizarre, un truc qui ne tient pas debout. Ou du moins, que nous n'arrivons pas à comprendre.

Prince Jake a hoché la tête et levé les yeux vers Tobias.

– Personne en vue ?

Tobias a quitté sa branche et battu des ailes, puis il a disparu au-dessus des cimes d'arbres.

– Désolé, a dit prince Jake à Erek, mais je veux être sûr que nous sommes en sécurité.

Erek a souri, l'air amusé.

– Tu penses que je serais venu seul ? Trois des miens sont déployés dans le secteur et nous surveillent. Même Tobias, avec ses yeux, ne pourra pas les repérer.

– Ah oui ? Tu veux parier ? a demandé prince Jake.

A ce moment-là, Tobias est revenu à toute allure et s'est perché sur la même branche qu'il venait de quitter. Tranquillement, il s'est mis à lisser ses plumes.

< Tout va bien >, a-t-il déclaré.

– Tu n'as vraiment rien remarqué ? lui a demandé prince Jake, d'un ton déçu.

< Oh, j'ai bien vu deux Cheys qui projetaient des hologrammes d'arbres et un autre qui essayait de se faire passer pour un rocher mais, à part ça, rien d'inquiétant. >

Ils ont tous ri, Erek et les humains.

< Je connais ces bois, a repris Tobias avec suffisance. Tu t'imagines que tu peux planter un

hologramme de saule à un endroit où il n'y a jamais eu le moindre saule, et que je ne vais pas m'en apercevoir ? Enfin, franchement... >

Erek a fait une sorte de courbette devant Tobias.

– Rappelle-moi de ne jamais te sous-estimer, **frère** faucon.

Puis, subitement sérieux, il nous a expliqué ce qu'il était venu nous signaler.

– Le numéro deux des services secrets, un type dénommé Hewlett Aldershot, se trouve à l'hôpital, dans le coma. Il s'est fait renverser par une voiture en traversant la rue. Nous ne savons pas ce qu'il était venu faire dans le secteur. Mais nous savons ceci : tout le monde, même sa famille, ignore qu'il est à l'hôpital.

– Sa famille n'est pas au courant ? a insisté Cassie.

– Non. Personne ne le sait. Ni sa famille ni sa supérieure, Jane Carnegie. Personne. Cet hôpital est dirigé par les Yirks : la moitié du personnel se compose d'humains-Contrôleurs. Son nom ne figure même pas dans les ordinateurs de l'hôpital. A propos, vous savez, la voiture qui l'a renversé ? C'est un minibus qui appartient à notre cher ami Chapman.

Prince Jake a hoché la tête. Jake est le chef des Animorphs. Je le considère comme mon prince. Étant donné que je suis encore un aristh, un élève guerrier andalite, j'ai besoin de quelqu'un qui soit mon prince.

– Bien, bien, a répondu prince Jake. Je crois que nous devrions aller voir ce qui se passe.

CHAPITRE
3

< J'ai une question, a dit Marco. Quel genre de parents faut-il être pour infliger un nom pareil, Hewlett Aldershot, à un môme ? Le pauvre, il a dû se faire tabasser à la sortie de l'école tous les jours de sa vie. >

C'était le lendemain. Marco, Rachel et moi étions perchés sur un rebord de fenêtre, au deuxième étage d'un immeuble. Nous étions en animorphe de mouette. D'après mes amis humains, les mouettes sont comme les pigeons : elles peuvent aller n'importe où sans avoir l'air suspectes.

Ils ont certainement raison. Mais je n'ai aucune idée de ce qu'est un pigeon. Et je suis incapable d'imaginer à quoi peut ressembler un oiseau suspect.

< Ce que je pense, moi, c'est que Chapman a peut-être écrasé ce type rien que parce que son nom l'énervait. >

Rachel a soupiré.

< Pourquoi faut-il toujours que Jake m'envoie en mission avec toi, Marco ? >

< Quoi, je devrais me taire ? Je ne devrais pas bavarder ? Ça fait une heure et demie que nous sommes sur ce rebord de fenêtre minable. Toi, Ax et moi. >

< Une heure et demie seulement ? C'est marrant, j'aurais cru bien plus. Quand tu parles, Marco, le temps paraît long, long, long. Long, long… >

< … Très drôle. >

J'ai jugé bon d'intervenir :

< Ça ne fait qu'une heure et dix-huit minutes de votre temps >, ai-je rectifié.

< De notre temps ? s'est étonné Marco. Tu sais, c'est aussi ton temps à toi, maintenant. On est sur Terre, et tu es coincé ici, alors mets ta pendule à l'heure locale. >

Marco s'ennuyait. Comme nous tous, d'ailleurs. Seulement il devient facilement agressif quand il s'ennuie.

Nous étions à l'hôpital en train de surveiller la chambre privée de Hewlett Aldershot. C'était notre deuxième tour de garde sur le rebord de sa fenêtre.

Nous étions déjà venus en début de matinée, et nous étions restés jusqu'à la limite des deux heures. Ensuite prince Jake et Cassie nous avaient relayés et, maintenant, c'était de nouveau à nous.

< Ça n'a tellement rien à voir avec ce que j'aimerais faire par un beau dimanche comme aujourd'hui... quand je pense aux soldes qu'ils font un peu partout ! a gémi Rachel. C'est mon tour de me dégourdir les ailes, je reviens tout de suite. >

Elle s'est envolée en nous laissant seuls, Marco et moi. Nous avons un peu battu des ailes, remué la tête, fait les cent pas le long du rebord de la fenêtre. Nous nous efforcions d'adopter un comportement de mouette. C'est pour cette raison que Rachel avait dû s'envoler : c'est ce qu'aurait fait une vraie mouette.

< Y a-t-il quelque chose de bizarre dans le nom de Hewlett Alder... Regarde ! ai-je dit en changeant brusquement de sujet. Il y a un nouvel humain qui entre dans la chambre, et sa tête me dit quelque chose. >

< Rachel ! a crié Marco en parole mentale. Va chercher Jake, Cassie et Tobias. Nous avons de la compagnie ! >

< Qui ça ? >

< Vysserk Trois dans son animorphe humaine, ai-je répondu. L'Abomination ! >

Les mouettes ont les yeux placés sur les côtés de la tête. J'ai donc orienté un œil vers l'intérieur de la pièce. Pas d'erreur, c'était bien lui. Vysserk Trois, le chef de l'invasion yirk sur Terre.

Vysserk Trois est le seul et unique Yirk qui soit parvenu à infester avec succès un corps andalite. Lorsqu'il s'est emparé de ce corps, il a également pris possession de son pouvoir d'animorphe. De sorte que seul Vysserk Trois, de tous les Yirks de l'univers, est capable de morphoser.

J'ai ressenti la rage sourde que j'éprouve toujours en présence de cette vile créature, l'assassin de mon frère. Une fois, j'ai bien failli venger Elfangor. J'ai bien failli anéantir Vysserk Trois. Mais, au dernier moment, j'ai commis une erreur et il est toujours en vie.

La prochaine fois, je ne commettrai pas d'erreur.

< Oh ! Oh ! Vysserk Trois, en animorphe d'humain en plus. Il se passe quelque chose de grave, c'est sûr >, a commenté Marco avec une pointe d'inquiétude dans la voix.

Deux médecins humains sont entrés dans la pièce. Ils se sont adressés à Vysserk. Avec respect. Avec crainte. En tremblant. Je ne pouvais pas entendre leurs paroles à travers la vitre, mais il était évident qu'ils savaient qui et quel genre de créature était Vysserk Trois.

Vysserk Trois a commencé à démorphoser. A reprendre sa forme d'Andalite. Sur sa tête humaine ont jailli les deux tentacules oculaires. De son torse d'humain sont sorties les deux pattes de devant. Et depuis la pointe de son coccyx s'est déployée la longue queue foudroyante des Andalites.

A ma gauche, un éclair brun et fauve, avec un reflet roux. Tobias, qui passait en flèche. J'ai gardé l'autre œil rivé sur la fenêtre.

Une fourrure marron et bleu recouvrit rapidement l'ancienne peau humaine. Vysserk Trois se tenait maintenant sur ses quatre pattes, la queue dressée et prête à frapper.

< Le Vysserk doit être vraiment certain de ne courir aucun risque ici, autrement il ne démorphoserait pas comme ça >, ai-je remarqué.

< Mais les médecins n'ont pas l'air très à l'aise >, a observé Marco.

Effectivement, les deux docteurs tremblaient de tout leur corps. Manifestement, il y avait un problème.

Tout à coup, rapide comme la foudre, Vysserk Trois a plaqué sa lame caudale contre la gorge d'un des médecins.

Il lui aurait suffi d'un tressaillement de la queue pour envoyer la tête de l'homme voltiger à l'autre bout de la pièce.

Maintenant qu'il avait retrouvé son corps d'Andalite, nous pouvions entendre les paroles mentales de Vysserk Trois, qu'il ne songeait pas à mettre en sourdine.

< Je vous ai ordonné de guérir cet humain ! criait-il rageusement. Il ne nous servira à rien de lui mettre un des nôtres dans la tête s'il est incapable de bouger ! >

Le docteur a murmuré une réponse. Une réponse très respectueuse, très prudente.

< Je me moque de son bulbe rachidien ! Je le veux sur pied ! Avez-vous idée de l'utilité qu'il peut avoir ? C'est le numéro deux des services secrets du président de ce pays. Il a accès à la moitié des secrets de cette planète. C'est pour cette unique raison que j'ai organisé cet accident et que je l'ai envoyé à l'hôpital. >

Prince Jake et Cassie approchaient à toute vitesse, tous deux en animorphe de mouette.

< Que se passe-t-il ? > a demandé prince Jake.

< Vysserk Trois, prince Jake. >

< Ne m'appelle pas prince. Ouais, j'entends sa voix mentale. Mais je veux dire, que voyez-vous ? >

< Vysserk est en train de terroriser deux docteurs humains >, ai-je expliqué.

Juste à cet instant, Vysserk Trois a écarté sa lame caudale. L'humain s'est effondré, à genoux sur le carrelage de la chambre. Son compagnon médecin l'a regardé avec pitié, mais n'a fait aucun geste pour l'aider.

< Vous ne me laissez pas le choix : si je ne peux pas me servir de cette créature comme hôte, je serai obligé de l'acquérir et de le morphoser. Je ne peux pas passer tout mon temps sous sa forme. Je ne peux pas vivre sa vie. Mais en me servant de lui, je pourrai me rapprocher de sa supérieure. Je pourrai me servir de cette animorphe pour m'emparer d'elle à la place ! >

Le docteur qui était resté debout a pris la parole. Il souriait. Il prenait l'air enthousiaste et optimiste. Avec le plat de sa lame, d'un coup de queue désinvolte, le Vysserk l'a projeté à l'autre bout de la chambre.

< Ne me raconte pas que tout s'arrange pour le mieux, a-t-il ricané. J'exige toujours que vous me

répariez cet humain. C'est l'unique raison pour laquelle je vous épargne. Si dans trois jours il n'est pas rétabli, vous deux, vous irez très, très... très mal. >

Alors un tentacule oculaire a pivoté et s'est arrêté juste dans ma direction. Vite suivie du deuxième tentacule. Et j'ai eu un horrible pressentiment.

CHAPITRE
4

Vysserk Trois est sorti de notre champ de vision.

< Est-ce qu'il nous a regardés ? > a demandé Marco, qui a aussitôt répondu à sa propre question.

< Il nous a regardés. >

< Prince Jake, ai-je demandé en contrôlant ma parole mentale pour que seuls mes amis puissent l'entendre, que devons-nous faire ? >

< Que s'est-il passé ? >

< Il nous a regardés, il nous a repérés, voilà ce qui s'est passé >, a répondu Marco.

< Le Vysserk est sorti de notre champ de vision >, ai-je ajouté.

< Bon, écoutez, a dit prince Jake. Il vous soup-çonne peut-être de ne pas être de vraies mouettes. Alors ne faites rien de louche, continuez de vous com-porter comme si vous ne l'aviez pas remarqué. Un de

vous deux décolle. Le second laisse passer quelques secondes avant de s'envoler à son tour. Comme le feraient… >

Craccc !

La vitre a volé en éclats, fracassée par un corps inconnu. Marco, déséquilibré, est tombé à la renverse et s'est mis à dégringoler vers le sol sans parvenir à se rétablir.

Quant à moi, j'étais trop choqué pour réagir.

Alors j'ai vu ce qui avait traversé la fenêtre : un *kafit* ! Un *kafit* à six ailes !

Il ne pouvait s'agir que de Vysserk Trois en animorphe. Mais comment ?

< Impossible ! > me suis-je écrié, complètement abasourdi.

Le *kafit* est un oiseau qui ne vit que dans un seul lieu au monde : la planète mère des Andalites. Le *kafit* a secoué les éclats de verre coincés dans ses ailes et obliqué vers moi en effectuant un virage à quatre-vingt-dix degrés. Son bec tranchant était pointé sur moi comme un missile. Ailes repliées, je me suis jeté du rebord. Le bec redoutable ne m'a manqué que de l'épaisseur d'une plume ! J'ai déployé mes ailes pour prendre appui sur l'air et je me suis mis à les agiter frénétiquement.

Le *kafit* m'attaquait ! Ses six ailes lui donnaient une vitesse extraordinaire.

< Ax, qu'est-ce que c'est que cette créature ? > a demandé Cassie.

Pas le temps de lui répondre. Mes amis humains ne comprenaient pas. Le *kafit* se nourrit en harponnant des animaux qui vivent dans les arbres. C'est un oiseau rapide, précis, et terriblement meurtrier pour les animaux de petite taille.

Or, pour le moment, j'étais un animal de petite taille.

< Tout le monde attaque cet oiseau ! a ordonné prince Jake. Il ne peut pas nous battre tous à la fois. Tobias, où es-tu ? >

< Trop loin >, a-t-il répondu avec dépit.

J'ai tourné la tête pour repérer le *kafit*. Erreur ! Agissant comme un gouvernail, ma tête m'a fait pivoter, me plaçant en travers de sa trajectoire !

J'ai battu des ailes en redoublant d'ardeur. Trop faible, trop lent ! Le bec du *kafit* m'a entaillé le dessous de l'aile.

< Aaaarrgh ! > ai-je hurlé.

Pris d'une panique abominable, j'ai changé de cap et piqué vers le sol pour voler en rase-mottes, à une petite vingtaine de mètres d'altitude. Je savais que le *kafit* était plus rapide que moi. Serait-il également plus agile ?

Néanmoins, dans un coin de ma tête, je ne cessais de me demander : « Comment ? Comment ? Comment ? »

Comment Vysserk Trois avait-il acquis l'ADN d'un *kafit* ? L'Abomination avait-elle réussi à mettre le pied sur le sol andalite ?

Je survolais une grande artère, maintenant. En dessous de moi s'alignaient ces établissements d'alimentation que les humains appellent des fast-foods. Vysserk me suivait de près. Il m'aurait rejoint dans trois… deux… J'ai déployé les ailes, coupé ma vitesse, et tourné la tête et la queue en un seul et même mouvement pour me projeter sur le côté. Le *kafit* a continué tout droit.

Il était plus rapide. Je pouvais le semer, mais seulement en comptant sur l'effet de surprise. Combien de fois parviendrais-je à le tromper de cette façon ?

< Jolie manœuvre, Andalite, a grogné le Vysserk, dont la voix mentale a résonné soudain dans ma tête. Montre-moi si tu peux recommencer. >

J'étais presque assez en colère pour lui répondre. Seulement bien sûr, Vysserk Trois ne pouvait pas savoir avec certitude que j'étais un Andalite en animorphe ; il se contentait de le supposer. Si je continuais à me taire, il finirait peut-être par se dire que je n'étais qu'une innocente mouette perchée sur un rebord de fenêtre.

J'ai alors aperçu prince Jake et les autres qui fonçaient à ma rescousse.

< Prince Jake ! Ne m'aidez pas. Si vous m'aidez, il aura la preuve que nous ne sommes pas de simples oiseaux. >

< Arrête de jouer les héros, a répondu prince Jake. Tobias ! >

< Je fais ce que je peux ! Je n'ai pas le moindre courant thermique pour m'aider ! >

Du coin de l'œil, j'ai vu le grand faucon à queue rousse qui faisait d'énormes efforts pour prendre l'altitude qui lui permettrait d'effectuer un plongeon meurtrier. Mais il n'était encore qu'à trois mètres au-dessus de moi, et beaucoup trop mal placé pour pouvoir intervenir efficacement.

J'étais seul.

« Bien, tant mieux », me suis-je dit, d'un ton qui se voulait courageux. J'ai battu frénétiquement des ailes pour me rapprocher d'une grande enseigne jaune formée de deux arches jumelles.

< Voyons à quelle vitesse ce *kafit* est capable de tourner. >

J'ai visé l'ouverture d'une des deux arches, je l'ai traversée comme une flèche puis j'ai aussitôt pivoté sur moi-même. Vysserk Trois est arrivé à toute allure et a contourné l'arche pour me rattraper. Alors, à ce moment-là, je me suis engouffré par la seconde arche. Le *kafit* était tout près de moi, mais sa vitesse supérieure ne lui servait plus à rien, maintenant. En revanche son envergure d'ailes le gênait pour passer à l'intérieur des arches.

Vysserk Trois décrivait des cercles rapides, mais je n'arrêtais plus de louvoyer, passant d'une arche à l'autre.

< Beau travail, Axos ! m'a félicité Tobias. Tiens bon ! Je l'ai dans ma ligne de tir ! >

Dans la rue, les gens s'étaient attroupés, bouche bée, et contemplaient notre étrange spectacle.

– Hé ! s'est exclamé quelqu'un, cet oiseau a trop d'ailes !

– Ça doit être un mutant. Sauve-toi, la mouette, sauve-toi !

Vlan ! J'ai cogné le bord d'une des arches du bout de l'aile et j'ai raté mon virage.

< Aahhhh ! >

Le bec effilé comme un rasoir venait de me trancher trois centimètres d'aile ! Je suis tombé. J'ai heurté le toit plat du fast-food. En titubant, je me suis réfugié dans un recoin, entre deux gros climatiseurs.

J'ai vu le Vysserk piquer en rase-mottes et j'ai compris que lui aussi se posait.

Je me suis mis à démorphoser à toute vitesse. Le toit était entouré d'un mur, de sorte que les humains ne pouvaient pas nous voir de la rue. Et une fois que je serais redevenu andalite, cet oiseau ne serait plus une menace.

Mes serres se sont changées en sabots. Les plumes de ma queue se sont fondues pour former le début de ma lame caudale. Mais à force de grandir, je me suis trouvé trop à l'étroit, coincé entre ces deux climatiseurs qui m'envoyaient des bouffées d'air gras.

Moitié Andalite, moitié oiseau, je me suis extirpé hors de mon abri en titubant sur des pattes informes. J'ai débouché au beau milieu du toit. Alors, je l'ai vu. Comme moi, il démorphosait. Comme moi, il était mi-oiseau, mi-Andalite.

Mais il n'était pas un véritable Andalite.

< Rends-toi, Andalite, a persiflé le Vysserk avec mépris. Et peut-être t'épargnerai-je. >

< Voyons ce que tu vaux en combat singulier >, ai-je répliqué, m'efforçant une fois de plus d'exprimer plus d'assurance que je n'en ressentais.

Il a dressé la queue. J'ai dressé la queue.

Deux créatures qu'on aurait pu prendre toutes les deux pour de véritables Andalites s'apprêtant à livrer un duel à mort.

J'ai plongé le regard dans les yeux de l'Abomination. J'y ai vu le mal.

Puis j'y ai vu autre chose, et mes cœurs ont tressailli de joie. Car j'y ai aussi vu la peur.

CHAPITRE
5

Cela faisait très longtemps que deux Andalites n'avaient pas combattu ainsi, queue contre queue, en dehors des entraînements militaires et sportifs.

Et là, ce n'était pas du sport.

Là, entre les climatiseurs, dans les vapeurs de graisse et les odeurs de viande grillée, Vysserk Trois et moi allions nous affronter.

Deux mouettes se sont posées avec un léger battement d'ailes. Suivies de deux autres. D'un tentacule oculaire j'ai aperçu le profil de rapace d'un faucon, perché sur une cheminée d'aération voisine.

< Démorphosons >, a proposé Rachel, en faisant en sorte que j'entende sa parole mentale.

J'ai espéré qu'elle avait veillé à ce que Vysserk Trois ne puisse pas l'entendre, en revanche. Les humains ont tendance à oublier qu'on peut adresser sa parole mentale à toutes les personnes présentes ou seulement à quelques-unes qu'on a choisies.

< Impossible, a dit prince Jake. Nous serions obligés de repasser d'abord par notre forme humaine. Nous ne pouvons démorphoser que si nous avons la certitude absolue que Vysserk Trois n'en réchappera pas vivant. >

< Si nous démorphosons, il n'en sortira pas vivant >, a rétorqué Rachel avec une détermination farouche.

Je gardais les yeux rivés sur le Vysserk, la queue prête à frapper. Le moindre mouvement de sa part, et j'attaquais.

< Prince Jake, suis-je intervenu, nous ne pouvons pas prendre ce risque. Si jamais il découvre que vous êtes des humains, vos jours seront comptés. Je peux venger Elfangor tout seul. >

< Ce n'est ni le moment ni le lieu, a estimé Cassie. Les gens dans la rue ont vu un oiseau à six ailes se poser sur ce toit. Il y a certainement quelqu'un qui va venir voir. >

Je l'ai à peine entendue. Le Vysserk se déplaçait en crabe, guettant la moindre faille. J'ai levé très haut ma lame caudale, prêt à parer son attaque.

< Ax, a repris prince Jake. Cassie a raison. Peux-tu

battre en retraite sans qu'il te blesse ? Ce n'est pas le bon endroit pour ce combat. >

Dans un coin de ma tête, j'avais envie de répondre : « Oui, oui, oui, laissons le Vysserk s'en tirer. » Il était plus fort que moi. Sa queue devait avoir une portée supérieure de quinze bons centimètres à la mienne. Il était également plus grand que moi, ce qui lui permettrait de me frapper plus facilement aux yeux et à la tête.

Mais j'avais vu la peur dans le regard du Vysserk. Il avait compris qu'il n'avait pas le choix. Il savait qu'il était sur le point d'engager un combat mortel, et qu'il n'aurait pas forcément l'avantage.

Je désirais voir de nouveau sa peur. Je désirais ardemment voir sa terreur lorsque j'appuierais ma lame caudale sur sa gorge en lui disant : < De la part de mon frère ! >

Un mouvement soudain !

J'ai frappé ! Ma lame caudale a manqué sa cible, mais j'ai entaillé l'épaule de l'Abomination.

Dans la confusion, je n'ai pas tout de suite compris ce qui se produisait. Tout s'était passé si vite : son mouvement brusque, mon attaque, puis le bond gracieux qui l'a emporté par-dessus le mur du toit.

Je ne le voyais plus. Je me suis précipité au bord du toit et j'ai tendu le cou pour regarder.

Dans la rue, une fillette criait :

– Je vous jure que j'ai vu un cheval bleu sauter du toit !

– Tu es folle. Et où a-t-il atterri, alors ? lui a demandé son amie.

J'ai vu, moi, où il avait atterri. Dans une grande benne à ordures.

– Là-bas, dans la benne.

J'ai regardé Vysserk. Sa patte arrière gauche s'était fracturée dans la chute. Il morphosait en humain à toute vitesse. Il m'a lancé un regard brûlant de haine.

Je voulais dire quelque chose. Je voulais hurler une menace. Prononcer un serment terrible. Mais je me suis contenté de fixer Vysserk Trois droit dans les yeux.

Alors, quand il a repris sa bouche humaine, l'Abomination a ricané.

< Allez viens, Ax, m'a dit prince Jake. Nous n'avons plus rien à faire ici. >

CHAPITRE
6

Cette nuit-là, j'ai couru dans les champs les plus reculés de la propriété de Cassie, en essayant de mettre de l'ordre dans mes émotions. C'était une nuit humide. Il pleuvait, mais une pluie fine selon les critères terrestres. L'herbe était gorgée d'eau. Je sentais mes sabots absorber les vers qui sortent du sol par temps humide. Voilà qui m'apporterait un supplément de protéines – et c'était bien la dernière chose dont j'avais besoin : trop de protéines m'empêchent de dormir.

Les nuages voilaient la lune et les étoiles. Cela m'attristait. J'aime repérer ma planète mère dans le ciel, la nuit. C'est devenu une sorte de rite personnel. Quelque chose que je fais pour moi. Pour me souvenir que j'ai ma place quelque part dans la galaxie. Je n'y suis pas, certes, mais ce lieu existe.

Mais si je me faisais des illusions, pourtant ? C'est

vrai, j'ai une planète mère. Et une maison sur cette planète. Un peuple qui est le mien. Mais y serais-je encore à ma place, aujourd'hui ? N'ai-je pas trop changé au contact des humains ?

J'ai vu de la lumière chez Cassie. Un soir, j'avais morphosé en prince Jake et j'étais allé dîner chez elle, avec ses parents. Je possède l'ADN de prince Jake depuis le jour où il s'est fait infester par un Yirk*.

C'est un souvenir qui m'est précieux. Le dîner chez Cassie, bien sûr, pas l'animorphe de prince Jake. Parfois, lorsque je suis seul dans les bois et que je pense à la maison, c'est cette image qui me vient à l'esprit, et non celle de mon foyer andalite.

Je me suis mis à courir plus vite ; je ne me souciais plus de me nourrir, maintenant, je voulais juste sentir l'impact des gouttes de pluie contre mon torse et mon visage. Si je parvenais à galoper suffisamment vite, l'eau me tomberait sur la figure et le torse, mais pas sur le dos. J'ai aperçu une clôture en bois. Presque trop haute à franchir. J'ai quand même continué mon galop, droit sur la barrière, puis je me suis propulsé en repliant les pattes avant, et j'ai décollé.

* voir *La Capture* (Animorphs n° 6)

45

Il y eut un léger chouff ! quand j'ai éraflé la barre supérieure du bout d'un sabot.

Je me suis posé en douceur, pour m'apercevoir alors que j'étais à bout de souffle. J'ai ralenti la cadence et suis reparti au petit trot vers les bois.

« J'aurais pu le battre, me disais-je. J'aurais pu l'obliger à m'affronter. J'aurais pu le frapper sans lui laisser le temps de fuir. »

Dans un autre coin de ma tête, une voix répondait : « Non, tu aurais perdu. Il est plus grand, plus fort. Le corps andalite que Vysserk Trois contrôle appartenait à un grand guerrier, et il profite de son adresse et de son expérience. Tu as affronté Vysserk Trois en combat singulier et tu l'as laissé filer. »

Je l'ai affronté et je ne me suis pas enfui.

« Ce n'est pas l'envie qui te manquait ! Tu avais peur. »

Il aurait fallu que je sois inconscient pour ne pas avoir peur. Mais je n'ai pas fui. C'est lui qui a fui.

Je me suis rendu compte que je m'étais arrêté sous un pin particulièrement haut, à peine en retrait de la lisière d'une clairière. La clairière de Tobias.

< Qu'est-ce qui se passe, Axos ? > m'a-t-il demandé, caché dans l'obscurité.

< Tu ne dors pas ? >

< Non. J'ai une légère tendance à me réveiller quand de grands centaures extraterrestres à queue de scorpion galopent à travers bois comme un troupeau d'éléphants paniqués. >

Tobias n'est pas toujours très aimable lorsqu'il se réveille. C'est une caractéristique humaine qu'il a conservée.

< Excuse-moi de t'avoir réveillé. Qu'est-ce qui peut paniquer un troupeau d'éléphants ? >

Avec un soupir, Tobias est descendu vers une branche plus basse, puis il s'est posé sur une souche morte, par terre.

< Tu rumines, c'est ça ? >

< Quoi ? >

< Tu rumines. Tu retournes les mêmes pensées dans ta tête, sans t'arrêter. Tu te poses les mêmes questions de la première à la dernière, et puis tu recommences, et ainsi de suite. >

< Comment le sais-tu ? >

< Écoute, Ax... la première fois que j'ai vu Vysserk Trois... et tu sais à quelle occasion... j'ai pleuré, tellement j'ai eu peur. >

< C'était un extraterrestre. Une créature inconnue de toi. >

< Elfangor aussi était un extraterrestre et une créature inconnue. Il ne m'a pas fait peur. Vysserk Trois, oui. Pas à cause de son aspect physique, mais parce que je sentais quelque chose qui émanait de lui. Comme un nuage sombre. Presque comme une odeur. C'était une sensation, je ne trouve pas d'autre mot. J'ai très nettement senti que je regardais quelque chose qu'il fallait détruire. Cette créature était maléfique, je le sentais. Et j'avais cette horrible sensation, cette conscience que, d'une façon ou d'une autre, ce mal allait m'atteindre et changer ma vie. Alors j'ai pleuré. >

< J'avais déjà rencontré Vysserk Trois, ai-je répondu, inébranlable. Je n'aurais pas dû avoir peur. >

< Qu'est-ce que tu aurais pu faire ? >

< J'aurais pu lui imposer le combat. >

< Et si tu avais perdu ? >

< Et si j'avais gagné ? Quel coup terrible pour les Yirks ! J'aurais vengé Elfangor. Et j'aurais rendu un grand service à mon peuple. >

< Écoute, Ax, tu l'as affronté. C'est lui qui a battu en retraite, pas toi. >

< Il était encerclé, seul contre nous tous. Il vous prenait chacun pour un guerrier andalite, prêt à

démorphoser pour l'attaquer. Il a battu en retraite avec honneur. >

< L'honneur ! s'est exclamé Tobias d'un ton sarcastique. C'est un tueur au sang froid, un envahisseur qui convoite la planète des autres. Ce n'est rien qu'une racaille, un assassin. Ces types-là n'ont pas d'honneur. >

< Je devrais te laisser dormir. >

< Comme tu veux… Si tu ne veux plus en parler, on laisse tomber. >

Il a regardé autour de lui en clignant des yeux, presque aussi aveugle qu'un humain dans la pénombre avant d'ajouter :

< Difficile de dormir avec cette pluie, de toute façon. >

< Tobias. Tu sais, cet oiseau que Vysserk Trois a morphosé ? C'est un oiseau andalite. Cela s'appelle un *kafit*. C'est un oiseau de ma planète mère. >

< Ce qui signifie ? Tu crois que Vysserk Trois a dû aller sur ta planète pour pouvoir l'acquérir ? >

< Oui. J'ai peur que l'Abomination ait mis les pieds sur la planète mère andalite. >

J'ai senti Tobias se contracter. Il commençait à comprendre. Pourtant, il m'a juste répondu :

< Mais quelquefois, les gens emmènent des

animaux hors de la planète mère, non ? Je veux dire, un peu comme chez nous, où tu peux voir des lions d'Afrique dans les zoos d'Europe, d'Amérique, ou de n'importe où. Donc voilà, si ça se trouve, quelqu'un a emporté cet oiseau en toute innocence en quittant ta planète, puis il s'est fait attaquer, voler, va savoir, et l'oiseau s'est retrouvé entre les mains de Vysserk Trois. >

J'avais envie de croire à cette possibilité. Alors j'ai dit :

< Oui, ça pourrait s'expliquer comme ça. >

Cependant, je n'y croyais pas. J'avais l'intime conviction que Vysserk Trois s'était rendu sur ma planète. Lui ou l'un de ses alliés.

Il fallait alors se rendre à l'évidence : les Yirks avaient accédé à l'unique endroit encore sûr de la galaxie, ma planète mère.

CHAPITRE

7

Nous nous étions réunis dans la grange où Cassie et son père soignent les animaux malades ou blessés. Ils l'ont appelée le Centre de sauvegarde de la vie sauvage. C'est une grande bâtisse sombre, en bois. A l'intérieur se trouvent de nombreuses cages métalliques. Et dans les cages, il y a les animaux malades.

Tobias était perché sur la charpente de la toiture. De là-haut, il peut surveiller les environs par une ouverture et nous prévenir si quelqu'un approche.

Tous les autres étaient en bas. Cassie travaillait : elle déblayait des tas de paille sale avec une très grosse fourche à trois dents. De temps à autre, prince Jake déplaçait une cage qui lui barrait le chemin.

Marco et Rachel ne faisaient rien, ils se relaxaient.

Relax, c'est ce que disent les humains. Je crois que cela signifie que quand ils restent assis sans rien faire, leur corps se détend : ils se relaxent.

Un jour, quand je serai vieux, trop vieux pour être un guerrier, j'écrirai un livre sur les humains, sur leurs habitudes étranges, leur langage et leur technologie. Par exemple, saviez-vous que les humains ont inventé le livre avant l'ordinateur ? C'est pour cette raison qu'ils persistent à voir dans l'informatique une technologie supérieure, en dépit du fait évident qu'il faut au moins trente secondes à leurs ordinateurs pour charger un document, tandis qu'une page de livre est accessible immédiatement.

On serait presque tenté de considérer l'humanité comme une race arriérée et négligeable. S'il n'y avait deux points capitaux. Tout d'abord, ce sont les humains qui ont porté l'art du goût à des niveaux remarquables. Ils ont beau avoir une technologie des plus primitives, ce sont eux qui ont créé le pop-corn, les barres chocolatées, le chili con carne et les mégots de cigarette. (Pourtant, les humains eux-mêmes sont rebutés par l'idée de manger des mégots de cigarette.)

Et n'oublions pas : les humains, malgré tous leurs

défauts, ont créé le beignet à la cannelle. Un jour, après la guerre, on organisera des excursions d'Andalites qui afflueront sur Terre pour morphoser une journée en humains et ne rien faire d'autre que manger des beignets à la cannelle.

Choisissez de préférence ceux qui sont fourrés, cela en vaut vraiment la peine.

– Ax, tu écoutes ? a demandé soudain Marco.

Je me suis arraché à ma rêverie.

< Oui, bien sûr. >

– Parce que ça fait deux fois que je te dis la même chose, et tu continues de regarder dans le vide comme si tu étais à des années-lumière d'ici.

< S'il te plaît, répète-la-moi une troisième fois et je ferai attention. >

– J'ai dit : en morphosant en oiseau andalite, Vysserk Trois nous adresse peut-être un message. Je veux dire, il croit toujours que nous sommes tous des Andalites. Il avait l'air certain de poursuivre un Andalite en animorphe, tu es d'accord ? Et il choisit de morphoser en oiseau andalite ? Ce n'est pas une coïncidence. C'est un message.

Et voici la seconde raison pour laquelle on aurait tort de considérer l'humanité comme une espèce négligeable : leur incroyable capacité à s'adapter. Il y a encore quelques mois, Marco ne croyait pas à la vie sur d'autres planètes. Aujourd'hui, il a accepté cette réalité et intégré une vision du monde radicalement différente ; il s'est retrouvé impliqué dans une guerre qui recourt à une technologie d'animorphe qu'il ne comprend pas, et il parvient même à entrevoir des choses qui m'échappent.

< Oui, ai-je répondu lentement. Oui. Mais pourquoi ? Quel message ? >

Marco a haussé les épaules.

— Il secoue les barreaux de ta cage. Comme s'il voulait te dire : « Regarde, mon gars, pendant que tu es coincé sur Terre, moi je vais et je viens chez toi, je traîne avec tes potes, je mange les gâteaux de ta mère ».

< Ma mère ne fait pas de gâteaux, lui ai-je rappelé. Le sens du goût est inconnu chez… >

— Vysserk agite tes chaînes, a dit Rachel.

— Il te provoque, a renchéri Cassie.

< Il veut te taper sur les nerfs >, a ajouté Tobias.

— Il essaie de te déstabiliser avec… enfin peu importe, a dit prince Jake. L'important, ce sont ces deux questions : comment Vysserk Trois a-t-il acquis cet oiseau ? Et pourquoi a-t-il morphosé en cet animal pour t'attaquer ?

– Non, ce n'est pas ça la vraie question, est intervenue Cassie. La vraie question, c'est : qu'allons-nous faire pour ce Hewlett Aldershot ?

Marco a levé la main.

– Lui suggérer de changer de nom ?

– Vous savez, a repris prince Jake, il est plutôt bon, le plan qu'a monté Vysserk Trois. Il acquiert notre ami Hewlett Aldershot, puis il se rend aux bureaux des services secrets, consulte tout ce qu'il veut sur les ordinateurs, assiste aux réunions et, pour finir, il apprend tout ce que savent les gens des services secrets.

< Que savent les gens des services secrets ? > ai-je demandé.

– Beaucoup de choses, m'a répondu Marco.

< Ah. >

– Il ne s'agit pas seulement de ce qu'il peut découvrir, il s'agit également des gens qu'il peut rencontrer et auxquels il peut parler, a continué Rachel. Il peut savoir si des informations concernant les Yirks parviennent à…

– Ah, trop mortel ! s'est écrié Marco en se levant d'un bond sur ses deux jambes bancales. (Quand je vois un humain faire ça, je ne peux pas m'empêcher de croire qu'il va tomber à la renverse.)

— Quoi, trop mortel ? a demandé doucement prince Jake.

— Trop mortel, comme dans trop mortel. Rachel a raison. H. A. peut parler à tout le monde, non ? Il parle avec sa supérieure, d'accord ? Donc s'il se pointait un jour en lui disant : « Chef, vous savez quoi ? Des limaces parasites venues de l'espace envahissent la Terre ! » Là, pas de problème, il finirait à l'asile direct. Mais, par contre, s'il se pointait en disant : « Des limaces parasites venues de l'espace envahissent la Terre, et vous savez quoi ? Je peux me changer en rhinocéros. » Et qu'à ce moment il se changeait vraiment en rhinocéros… eh bien soudain, bing ! Le secret éclate au grand jour. Les Yirks sont fichus.

— Sauf si sa supérieure est un Contrôleur, a objecté Rachel.

— Si c'était un Contrôleur, pourquoi Vysserk Trois irait-il s'embêter avec H. A. ? a fait remarquer Cassie, qui s'est alors tournée vers Marco : A quoi tu penses, au juste ? Serais-tu en train de suggérer de morphoser en M. Aldershot ?

— Eh bien… oui !

– Nous ne faisons pas ça, a-t-elle protesté. Je croyais que nous avions décidé de ne jamais le faire. Nous ne morphosons pas en humains.

< J'ai morphosé en prince Jake >, ai-je dit.

L'idée de Marco m'excitait. Mais parfois, mes amis humains ont des réticences à faire ce qui serait nécessaire pour porter atteinte aux Yirks. Parfois aussi, c'est moi qui hésite.

< Et Cassie a morphosé en Rachel, rappelez-vous >, a ajouté Tobias*.

– D'abord, Ax, tu n'es pas humain, donc ce n'est pas pareil si tu morphoses en Jake. En plus, Jake t'aurait autorisé à le faire s'il n'avait pas été infesté par un Yirk. Et Rachel m'avait donné la permission, a repris Cassie.

– Excuse-moi ! a rétorqué Marco avec une pointe de sarcasme dans la voix. Notre ami H. A. n'est pas en état de donner sa permission. C'est un légume. C'est une carotte. C'est une tomate.

– Je croyais que la tomate était un fruit, est intervenue Rachel, pour provoquer Marco.

– Cela s'appelle un coma dépassé, Marco, bravo pour ta délicatesse, s'est indignée Cassie. Mais nous

---

* voir *La Menace* (Animorphs n°12)

ne sommes pas sûrs que M. Aldershot aille si mal que ça. Il pourrait être juste dans un coma normal. Nous n'avons pas le droit d'aller voler son ADN.

– Cet homme est un chou de Bruxelles.

– De toute façon, a dit prince Jake, nous ne pourrions pas entrer dans l'hôpital. Vysserk Trois sait que nous savons. Nous devons être dans nos corps humains pour acquérir l'ADN d'Aldershot. Vous croyez qu'on y arriverait avec Vysserk Trois sur ses gardes ? Il y a peu de chances.

Prince Jake avait raison. Nous nous sommes tous tus, découragés.

Mais alors, Cassie a murmuré :

– Oh là là…

– Quoi ? a demandé Marco.

Cassie a soupiré :

– Je suis complètement contre, mais…

– Mais ? Mais ? Mais quoi ?

Cassie s'est tournée vers moi.

– Ax, peut-on acquérir l'ADN de quelqu'un à partir de son sang seulement ?

< Oui, ça devrait être possible. >

– Du sang ?

Rachel a fait la grimace.

– On va récupérer le sang de ce type ? Ne compte pas sur moi ! L'hépatite, le sida, non merci.

< Les maladies ne peuvent pas se transmettre pendant l'acquisition d'ADN, me suis-je empressé de préciser. Le processus d'acquisition ne concerne que l'ADN, et cet ADN est isolé, encapsulé à l'intérieur de votre propre sang à température très basse – donc avec une grande stabilité – dans une sphère de molécules naltron, et… >

– Je crois que mon cerveau vient de tomber en sommeil automatique, m'a interrompu Marco. Bon, d'accord, ce sang n'est pas dangereux. Alors, Cassie, comment fait-on pour le récupérer ?

Cassie a expliqué son idée.

Tous les autres humains, même Tobias, ont dit : « C'est immonde ! » Ils ont dit « immonde » très fort et à plusieurs reprises.

J'ai appris une chose au contact des humains. Lorsqu'ils disent : « C'est immonde ! » ils ont presque toujours raison.

CHAPITRE
8

– **A**lors comment je fais pour l'acquérir sans qu'il me suce le sang ? a demandé prince Jake d'un ton inquiet.

– Ne fais pas le bébé, a dit Marco. Tu ne t'es jamais fait piquer par un moustique, peut-être ?

– Jamais de mon plein gré.

Quelques jours s'étaient écoulés. Mes amis humains vont à l'école cinq jours d'affilée, puis ils ont deux jours de repos. Ils essaient donc d'accomplir les missions pendant ces deux journées sans école.

Nous étions dans la grange, rassemblés autour d'une boîte en verre transparent, qui contenait un certain nombre de petits insectes volants à l'aspect fragile.

– Il faut que tu en prennes un dans ta main. Ne se rre pas trop fort, tu risquerais de l'écraser, a expliqué Cassie. Comme ça.

Elle a plongé la main dans la boîte. Après deux tentatives infructueuses, elle est parvenue à attraper un moustique.

Elle a sorti la main de la boîte et remis le couvercle en place, puis elle s'est concentrée sur le moustique. Au bout de quelques instants, elle a rouvert les yeux.

– Bon, à qui le tour ?

– Passe-moi ton moustique, a dit Marco. Il t'a certainement déjà piquée, avec un peu de chance il n'a plus faim.

– Nous ne pouvons pas morphoser tous le même moustique, a objecté Cassie. Il n'y a que les femelles qui sucent le sang. Les mâles sont inutilisables.

– Tout à fait exact ! s'est exclamée Rachel en riant.

– Et celui que tu as dans la main, c'est un mâle ou une femelle ? a demandé Marco.

– Comment veux-tu que je le sache ? Je n'ai pas de loupe assez puissante. Et même si j'en avais une, tu peux me dire comment on reconnaît un moustique mâle d'un moustique femelle ?

– Facile ! Les mâles trouvent ça drôle de roter en public, pas les femelles.

– Pourrions-nous envisager de continuer ? est intervenu prince Jake.

< Oui, ai-je répondu. Je ne crains pas la morsure de ces minuscules insectes. >

J'ai mis la main dans la cage de verre. Mais je n'arrivais à capturer aucune des créatures. Les mains humaines sont plus fortes et plus rapides que celles des Andalites. Pour finir, Cassie a attrapé un moustique et me l'a donné.

< Merci >, ai-je dit.

Et j'ai acquis l'ADN nécessaire.

Lorsque nous avons tous fini, prince Jake a déclaré :

– Bien. Allons-y.

Nous avons morphosé en oiseaux de proie pour voler rapidement jusqu'à l'hôpital. Grâce à mes yeux de busard cendré, j'ai vu que l'humain Hewlett Aldershot était toujours alité dans sa chambre d'hôpital. Mais avec une différence de taille. Quatre grands humains étaient assis autour de lui. Dans la chambre de gauche, nous en avons vu quatre autres. Et autant dans celle de droite.

Des humains-Contrôleurs, il n'y avait aucun doute là-dessus. Dangereusement armés, aucun doute là-dessus non plus. Douze humains armés pour protéger Hewlett Aldershot de notre éventuelle intervention.

< Plutôt flatteur, en fait, a estimé Rachel. Douze

types ? Et il y en a peut-être d'autres que nous ne voyons pas. >

< Les Yirks doivent avoir des Contrôleurs haut placés dans cet hôpital, a remarqué Cassie. Mobiliser deux chambres privées rien que pour des gardes… >

< Alors comment on entre ? > a demandé Marco d'un ton perplexe.

< Et si on créait une diversion ? a proposé Rachel. Je morphose en éléphant, Jake fait son rhino, et on saccage l'hosto ! >

< Si j'ai bien compris, ai-je dit, nous espérons tous parvenir à piquer l'humain pour être sûrs de lui prendre assez de sang. Mais, Rachel, je pense que pour faire diversion, rien n'attirerait plus l'attention d'une bande de Contrôleurs qu'un Andalite. >

C'était tout à fait sensé. Prince Jake en est convenu. Alors, pendant que les autres allaient se poser sur le toit pour remorphoser en humains avant de se changer en moustiques, j'ai gagné le rebord d'une fenêtre ouverte et sans lumière, tout au bout de l'hôpital.

Je suis entré dans la pièce en voletant, attentif à tous les bruits. J'ai entendu une respiration humaine. Lorsque mes yeux de busard cendré se sont habitués à l'obscurité, j'ai distingué la silhouette d'une jeune humaine, qui paraissait très frêle dans le lit.

J'ai démorphosé à toute vitesse, mes plumes d'oiseau se transformant rapidement en fourrure.

Soudain, la fillette a ouvert les yeux.

– Qui es-tu ? m'a-t-elle demandé. Tu es une licorne ?

< Non, je suis un Andalite. >

Je n'avais rien trouvé d'autre à répondre. Et puis je n'aime pas l'idée de mentir à une enfant malade.

– Comment t'appelles-tu ?

< Je m'appelle Aximili-Esgarrouth-Isthil. >

– Drôle de nom… a-t-elle dit.

Puis elle a refermé les yeux et s'est rendormie.

J'ai pris une grande inspiration. Puis je me suis approché de la porte le plus silencieusement possible. Je l'ai entrebâillée et j'ai pointé un tentacule oculaire dans le couloir. Deux humains vêtus de blanc se trouvaient à son extrémité.

J'ai pris une nouvelle inspiration. « Bien, me suis-je dit, je suis censé créer une diversion. »

J'ai ouvert la porte et je suis sorti dans le couloir. Les deux humains ne m'ont remarqué que lorsque je suis arrivé pratiquement à leur hauteur. Alors ils ont ouvert très grand la bouche et leurs visages ont changé de couleur : l'un est devenu tout blanc, l'autre tout rouge.

J'ignore pourquoi.

– Nom de…

– Qu'est-ce que…

Manifestement, ce n'étaient pas des Contrôleurs car, en ce cas, ils auraient hurlé : « Un Andalite ! », au lieu de : « Nom de… » et de : « Qu'est-ce que…». Ces hommes étaient d'innocents humains.

< Bonjour, ai-je dit. N'ayez pas peur. >

– C'est… c'est une espèce de cerf mutant !

– Il y a un truc, c'est obligé, il y a un truc. Ok, Terry, tu peux enlever ton déguisement, maintenant. Ha ! Ha ! Ha ! Très drôle.

Je suis passé devant eux et j'ai continué mon chemin en direction de la chambre de Hewlett Aldershot.

Un humain avançait en poussant un chariot chargé de plateaux de nourriture. Il n'a pas levé les yeux. Il est passé devant moi en gardant le regard fixé sur le sol. Ensuite, je crois qu'il a dû remarquer mes sabots.

– Aaaahh ! a-t-il hurlé, et il a sursauté si violemment que le chariot s'est renversé.

Cling ! Cling ! Vlan ! Cracc !

C'est ainsi qu'a commencé ma diversion.

Brusquement, des portes se sont ouvertes. Des têtes ont pointé, des hurlements ont fusé. Des gens ont accouru dans le couloir. La plupart détalaient en me voyant.

– Non mais t'as vu ? T'as vu ?

– C'est un monstre !

– Je le savais bien qu'ils faisaient des expériences génétiques au labo ! C'est un monstre fabriqué !

J'aurais pu le prendre mal, si j'avais été susceptible.

A ce moment-là, la porte qui se trouvait à droite de la chambre d'Aldershot s'est ouverte. Un humain est sorti. Il m'a regardé l'espace d'une seconde, bouche bée, puis il s'est écrié :

– Un Andalite !

Il est resté interloqué une seconde de trop. Le temps qu'il sorte son pistolet, j'avais projeté ma queue vers lui, et il s'est empressé de lâcher son arme.

– Andalite ! a-t-il crié de nouveau, cette fois-ci avec des yeux brûlants de haine.

Les autres gardes se sont tous précipités hors des trois pièces en même temps. Ils étaient trop nombreux et se bousculaient dans le couloir. J'ai vu qu'ils sortaient des pistolets humains. Et j'ai même aperçu deux lance-rayons Dracon yirks.

Dans une fraction de seconde, ils allaient se mettre à tirer. Les balles de plomb qui jailliraient des armes humaines seraient des plus dangereuses. Pas seulement pour moi, mais aussi parce qu'elles pourraient traverser les cloisons et faire des victimes innocentes.

– Tirez ! Abattez-le, imbéciles, ou Vysserk Trois va nous hacher menu ! a hurlé un des humains.

Vlam !

J'ai balayé l'air d'un coup de lame caudale, à un millimètre du premier rang des hommes armés. Ils ont reculé en bousculant leurs camarades.

Vlam !

J'ai asséné un second coup de queue, mais ils étaient prêts à se battre, maintenant. De plus, ils étaient beaucoup trop nombreux pour moi, et j'avais peur que d'innocents humains soient blessés dans la bagarre.

Manifestement, ma diversion n'était pas au point.

C'est alors que j'y ai pensé. L'unique moyen d'éviter de me faire abattre.

< Je me rends ! me suis-je écrié. Je veux être l'un des vôtres. >

– **Q**uoi ?

< Je souhaite déserter. Je désire rejoindre les rangs des Yirks. J'aimerais devenir Contrôleur. Avez-vous des renseignements sur les conditions d'accès ? Y a-t-il des frais d'adhésion ? >

Une douzaine d'armes étaient braquées sur moi. Derrière, à l'autre bout du couloir, d'autres humains discutaient.

– Qu'est-ce qui se passe là-bas ?

– Est-ce un cheval ?

– Regarde les yeux qu'il a sur la tête !

– Où sont les vigiles ?

Le chef des Contrôleurs a rapidement pris sa décision. Il m'a entraîné dans la chambre où Hewlett Aldershot dormait de son sommeil comateux.

C'était une petite pièce. Trop petite pour contenir

tous les gardes. Ils n'étaient plus que cinq, maintenant, ce qui valait beaucoup mieux pour moi.

– Tu veux rejoindre nos rangs ? m'a demandé un des Contrôleurs d'un ton sceptique.

< En fait, non >, ai-je dit à regret.

Vlam ! J'ai frappé un grand coup avec ma queue, et le garde le plus proche a sauté en arrière, bousculant les autres. Je disposais d'une demi-seconde avant qu'ils ne se ressaisissent et ne me tirent dessus.

Vlam ! Cracc !

J'ai fracassé la vitre avec ma lame caudale.

< Regardez ! Un truc que m'a appris Vysserk Trois ! > ai-je hurlé.

Là-dessus j'ai fait trois pas au galop, ployé le torse, plaqué mes tentacules en arrière, replié les pattes, et je me suis élancé par la fenêtre.

Je suis tombé dans le vide !

< Aaaaahhh ! >

De trop haut, de beaucoup trop haut, mais cela valait mieux que de me faire tirer dessus.

< La fenêtre est ouverte, prince Jake ! ai-je crié. Et l'attention des Contrôleurs… >

Boum ! Crac !

< … est détournée ! >

J'ai atterri dans un taillis qui a amorti ma chute, mais qui m'a aussi fait perdre l'équilibre. Lorsque j'ai voulu me relever, je me suis rendu compte, aussi ridicule que cela puisse paraître, que j'étais complètement empêtré dans les branches épineuses des buissons.

Pan ! Pan ! Pan pan pan pan !

Les gardes tiraient depuis la fenêtre. Les balles traversaient les branches et se plantaient dans le sol humide, tout autour de moi.

Les armes humaines fonctionnent selon un principe de gaz explosifs qui propulsent une balle de métal solide le long d'un tube. Le tube guide le projectile, ce qui augmente la précision du tir. Cela ne vaut pas la technologie d'un lance-rayons Dracon yirk ou d'un atomisateur andalite, mais c'est tout de même un moyen très efficace d'infliger de grosses blessures béantes à sa cible.

J'avais un besoin urgent de rétrécir. Il fallait que je devienne assez petit pour échapper aux balles !

J'ai commencé à morphoser en moustique.

< Nous sommes entrés ! ai-je entendu prince Jake annoncer. Ax, tout va bien ? Nous avons l'impression d'entendre des coups de feu, mais l'ouïe de ces animaux est assez faible. >

< C'est exact : vous entendez effectivement des coups de feu >, ai-je répondu laconiquement.

< Tu vas bien, Ax ? > a demandé Tobias.

< Pas vraiment. Mais j'espère aller mieux très bientôt. >

« Si je vis assez longtemps pour ça », ai-je ajouté en mon for intérieur.

Je rétrécissais à vive allure. Maintenant, des sirènes retentissaient dans la rue, de plus en plus proches.

– La police ! s'est exclamée une voix humaine, en provenance de la chambre d'en haut. Nous ne pouvons pas prendre le risque de nous faire arrêter !

– Si nous laissons l'Andalite s'échapper, il nous arrivera bien pire ! Continuez de tirer !

– Je ne vois pas où je tire, dans ces buissons... En plus, ils sont à l'ombre.

Je rapetissais de plus en plus vite. Les feuilles qui m'avaient paru toutes petites étaient maintenant plus grandes que ma tête. Les minuscules branches noueuses semblaient s'allonger, s'allonger... Elles ne m'emprisonnaient plus. J'aurais pu m'extirper du taillis, sauf que mes jambes rétrécissaient encore plus vite que le reste.

Un jour, les chercheurs andalites parviendront à rendre la technologie de l'animorphe parfaitement logique et prévisible. Mais, à l'heure actuelle, le processus est souvent bizarre et complètement irrationnel. Surtout lorsque l'on morphose en d'étranges animaux terrestres.

Mes pattes arrière cessèrent de diminuer une fois parvenues à la taille de celles d'un chat. Alors le mouvement s'est inversé et elles se sont remises à pousser. Ensuite, elles se sont affinées au point de ressembler à de simples baguettes, mais en conservant une longueur ridicule : elles étaient plus longues que tout le reste de mon corps !

Mes pattes avant se sont transformées en petits membres courts, et une troisième paire m'est sortie des bras.

Je n'étais plus sur quatre pattes, mais sur six. J'avais des pattes d'insecte, mais mon corps était encore en grande partie celui d'un Andalite. D'un Andalite très petit, mais néanmoins beaucoup trop gros pour pouvoir se déplacer sur des membres d'insecte.

Mes tentacules oculaires ont glissé le long de mon crâne pour venir s'immobiliser juste au-dessus de mes yeux principaux. Ils se sont mis à pousser. Ils poussaient comme des arbres à la croissance horriblement accélérée. De longues tiges nues qui explosaient en une multitude de minuscules ramifications : comme des brindilles courtes et rabougries. Sur ma tête, à la base de ces tiges velues – qui étaient des antennes – des demi-sphères sont apparues et ont commencé à bouger.

Mes yeux principaux fonctionnaient toujours, mais j'étais assailli par un flot de nouvelles données senso-rielles apportées par mes antennes. Température de l'air ! Direction du vent ! Ondes sonores des feuilles, des voix lointaines et confuses, les explosions aiguës et violentes des armes à feu et de l'impact des énormes projectiles tout autour de moi.

Les balles ne m'inquiétaient plus. A moins d'une malchance extraordinaire, j'étais devenu trop petit pour qu'elles m'atteignent. Je mesurais moins de trois centimètres, et je n'avais pas encore fini de rétrécir.

Le sol poussiéreux me faisait l'effet d'une étendue parsemée de rochers. Les troncs des arbustes me semblaient plus gros et plus hauts que n'importe quel arbre que j'aie jamais vu sur Terre ni même sur ma planète.

Mes narines se sont obstruées puis elles ont pointé

vers l'avant. Deux excroissances poilues et de petite taille se sont formées, fournissant immédiatement un ensemble de données nouvelles à mon cerveau.

L'odorat ! Rien à voir avec celui d'un Andalite ou d'un humain. Il s'agissait là d'un odorat spécifique. Il n'était pas du genre à attendre passivement les odeurs qui passent. Ces organes fouillaient les molécules du vent, cherchaient, analysaient…

J'avais faim.

Des ailes membraneuses ont surgi de mon dos qui se décharnait. Mon corps s'est sectionné en trois parties distinctes : une tête minuscule, un thorax musclé, un abdomen volumineux et bombé. Des plaques cuirassées ont recouvert le bas de mon abdomen en se chevauchant.

Malgré tous ces changements, je conservais encore une version miniature de mes yeux andalites principaux.

J'aurais préféré qu'ils cessent de fonctionner. J'aurais vraiment aimé ne jamais voir ce qui a suivi.

C'est de mon menton, de l'endroit où les humains ont une bouche, qu'elle a jailli. Une lance ! Une aiguille ! D'une longueur inimaginable. A son extrémité, elle était hérissée de dents minuscules, presque comme des dents de scie.

La lance était creuse à l'intérieur. C'était une paille. Un tube conçu pour aspirer le sang.

Une gaine rétractile était également apparue. Une gaine qui protégerait l'aiguille et l'empêcherait de s'abîmer.

Du sang.

J'avais faim de sang. Là était mon objectif.

Du sang !

J'ai agité mes ailes membraneuses et me suis élevé dans l'air, d'un vol instable, désordonné, m'efforçant de grimper vers l'endroit où mes « narines » avaient localisé l'odeur qu'elles recherchaient : le doux arôme d'un souffle animal qui m'indiquait la route de la nourriture.

CHAPITRE
10

C'est alors que mes yeux ont cessé de fonctionner. Pendant quelques secondes, le temps que l'animorphe soit finie, je me suis retrouvé aveugle. J'ai rétréci encore un peu et, tout à coup, deux yeux à facettes ont jailli sur mon front.

A travers ces yeux, je voyais la réalité fractionnée en plusieurs milliers de minuscules images. Des milliers d'images microscopiques et toutes différentes, comme autant de fragments de lumière déformée, de couleurs sinistres et de tourbillons d'énergie carrément cauchemardesques.

Je n'ai jamais perdu le contrôle de l'animorphe. Je veux dire que je n'ai jamais oublié qui j'étais réellement, ce qui arrive parfois lorsqu'on morphose en une créature pour la première fois.

Je ne peux donc pas dire que j'aie perdu la tête.

Simplement la faim du moustique était si grande, si puissante et si présente, que je me suis laissé emporter par elle. Je l'ai acceptée.

Je volais en toute conscience de ma véritable identité pourtant, quand l'instinct du moustique s'est mis à crier : « Du sang ! Du sang ! », j'ai répondu : « Oui ! Oui ! »

Les moustiques n'ont pas la vitesse ni le génie acrobatique des mouches. Pas davantage la précision ou la force d'un oiseau. Ils ont un vol désordonné, ils sont ballottés par les vents. Leurs pattes pendent dans le vide et agrippent l'air. Les ailes sont faibles. Il n'empêche, le moustique arrive à destination.

On dirait un insecte inoffensif, à première vue. Mais j'ai fait quelques recherches. Les moustiques transmettent des bactéries, des virus et des parasites. Ils sont porteurs des maladies nommées encéphalite, fièvre jaune et malaria.

A elle seule, la malaria tue deux millions d'humains par an. Les moustiques sont les plus redoutables tueurs en série de la planète Terre.

< Ax ! Ax ! Réponds-moi ! > a crié prince Jake.

Je me suis alors rendu compte qu'il m'appelait depuis un moment.

< Je vais bien. J'ai morphosé en moustique. >

< Bien, a répondu prince Jake. Écoute, je sais ce que tu ressens maintenant. Ne résiste pas. La faim se calme dès que tu piques. >

< Suis l'odeur, a conseillé Cassie. Tes palpes, ce qui te sert de narines, sentent le dioxyde de carbone. C'est une substance que dégagent les animaux, y compris les humains. Vas-y. >

Affamé, j'ai grimpé jusqu'à la fenêtre ouverte. Mais alors, je me suis senti perdu : il y avait beaucoup de créatures chaudes, émettrices de dioxyde de carbone.

Celle que je cherchais était couchée. Immobile et allongée. J'ai mobilisé mes sens de moustique. Avec un gros effort de concentration, je me suis servi simultanément des ondes sonores captées par mes antennes, de l'odeur de dioxyde recueillie par mes palpes et de l'étrange vue morcelée de mes yeux à facettes.

Ma cible était absolument gigantesque. Plusieurs centaines de fois ma taille, des millions de fois mon poids… Hewlett Aldershot gisait dans son lit telle une île d'où s'échappaient d'appétissants effluves.

J'ai actionné mes petites ailes et suis allé me poser sur lui. La surface de son corps était rugueuse et

inégale. Sa peau rose formait des bosses et des plis ;
çà et là, des poils se dressaient, comme des arbres
clairsemés sur une plaine aride.

La chair était vivante. Elle palpitait, ce qui me faisait
monter et descendre. L'humain respirait. Mais sous
mes pattes, je sentais quelque chose d'encore plus
fascinant que le mouvement léger de la respiration : un
battement de tambour régulier.

Le pouls de l'humain. Le battement du sang qui par-
courait ses veines et ses artères.

Et alors…

Pan !

CHAPITRE

11

Il y eut une petite détonation très nette et, brusquement, instantanément, j'ai cessé d'être un moustique perforant une veine humaine. Je me trouvais dans l'espace. Dans le vide blanchâtre de l'Espace-Zéro !

< Quoi ? Quoi ? L'Espace-Zéro ? >

Pas très brillant comme réflexion, je vous l'accorde. Mais j'étais complètement dérouté.

Instinctivement, j'ai donné de grands coups de pattes. Avec mes pattes d'Andalite, car j'avais réintégré mon corps. Mais je m'agitais dans le vide.

Je n'éprouvais aucune sensation de mouvement, ne percevais pas le moindre souffle d'air. Déjà, le manque d'oxygène affaiblissait mon cerveau. Mes yeux se voilaient. Mes membres s'engourdissaient.

L'Espace-Zéro ! Impossible ! Pourtant, c'était bien là que je me trouvais.

J'ai regardé autour de moi avec angoisse, en orientant mes tentacules oculaires dans toutes les directions. J'ai vu mon corps, de l'intérieur et de l'extérieur. On aurait dit un puzzle à plusieurs dimensions, déformé de manière à m'offrir une vue interne de mon propre organisme.

Et là, à côté, quatre corps humains étaient disposés de la même façon – comme des coupes transversales. J'ai vu le visage de prince Jake, mais aussi son cœur qui battait, le tissu musculaire de ses jambes et l'intérieur de son cerveau. Pareil pour les autres.

Ils se tordaient tous de douleur.

Il y avait également un oiseau, immobile.

< Prince Jake ! Tobias ! > ai-je crié.

Mais ils ne pouvaient pas répondre, bien sûr. Il n'y avait pas d'air pour porter les sons. Il n'y avait rien, pas même les atomes et molécules qui flottent librement dans l'espace normal. Pas d'étoiles, pas de planète. Il n'y a aucune vie dans l'Espace-Zéro.

J'ai aperçu une forme gracieuse et argentée, à peut-être huit cents mètres de distance. Un vaisseau ! Comme pour les corps, je voyais l'intérieur et l'extérieur du vaisseau en une seule et même image. J'ai distingué les silhouettes déformées des individus qui s'affairaient à l'intérieur.

Même perturbé et le cerveau engourdi, je savais avec certitude de quelle espèce de créatures il s'agissait.

Des Andalites. C'était un vaisseau andalite !

Ses moteurs zéro-spatiaux tournaient à fort régime, pourtant il ne s'éloignait pas.

J'ai compris en un éclair. J'ai compris ce qui s'était passé. Comme le sait tout Andalite, lorsqu'on morphose en une créature beaucoup plus petite que son propre corps, la masse excédentaire se trouve expulsée dans l'Espace-Zéro. Cela fait un amas de matière disposée au hasard, qui attend là.

Du moins était-ce la théorie qu'on nous enseignait. En réalité, rien n'était disposé au hasard, ici. Parce que nous étions hors de l'espace à trois dimensions, je voyais l'intérieur de tout, des objets comme des créatures animées. Et les corps étaient encore très nettement humains ou andalites ; ce n'étaient pas des boules de matière organisée sans logique.

Un jour, il y a longtemps, j'avais expliqué à mes amis comment l'excédent de matière se trouvait refoulé dans l'Espace-Zéro. Ils m'avaient demandé si ces bulles de matière ne risquaient pas d'être percutées par les vaisseaux qui naviguaient dans cette zone.

Cela m'avait fait rire. Après tout les chances étaient…

Eh bien, apparemment, les chances étaient assez fortes, maintenant. Le vaisseau andalite s'était approché et il nous avait pris dans son champ magnétique. Il nous entraînait dans son sillage en fonçant à travers l'Espace-Zéro.

< Ohé ! ai-je crié de toutes les forces que je parvenais encore à rassembler. Vaisseau andalite ! Vaisseau andalite ! Nous sommes pris dans votre sillage et nous mourons. Au secours, vaisseau andalite ! Au secours ! >

L'effort que je déployais pour appeler pompait mes dernières réserves d'énergie. Il n'y avait pas d'air. Je voyais mes poumons s'aplatir littéralement dans ma poitrine. Je voyais mes cœurs battre frénétiquement, s'efforcer de me maintenir en vie.

Peu à peu, mes cœurs ralentissaient, ralentissaient, ralentissaient…

< Vaisseau andalite ! Vaisseau andalite ! Au secours ! Au secours ! Au secours… >

Je n'ai pas de mots pour décrire la douleur que j'éprouvais à voir mes frères andalites de si près. C'étaient les premiers que je voyais depuis si longtemps...

Eux, bien sûr, ne pouvaient pas me voir. A l'intérieur du vaisseau, ils conservaient l'espace normal à trois dimensions. Les Andalites qui étaient à bord ne voyaient que les ponts et les cloisons du vaisseau.

A ce moment-là, j'ai distingué, aussi nettement que si je me tenais à côté de mon propre corps, les derniers battements de mes cœurs. J'ai vu l'afflux de sang en direction de mon cerveau ralentir et s'arrêter.

J'ai su que j'allais mourir. J'allais mourir avec mes frères andalites à portée de vue.

Mourir...

Tout s'est obscurci.

Et puis, tout à coup, je n'étais plus mourant. Et je n'étais plus étalé dans toutes les dimensions. J'étais en un seul morceau, vivant et couché sur une table à la forme spécialement conçue pour un corps andalite, où mes pattes et ma queue pouvaient reposer confortablement.

< Quoi ? > ai-je dit sans raison particulière.

< Quoi ne me semble pas la bonne question,

a répondu une voix andalite. Je pense que les questions sont : pourquoi ? comment ? et surtout qui ? >

J'ai tourné mes tentacules oculaires. Debout à côté de moi se tenaient trois guerriers andalites.

CHAPITRE
12

< Je suis l'aristh Aximili-Esgarrouth-Isthil >, ai-je déclaré.

< Le petit frère d'Elfangor ? > s'est exclamé un des Andalites.

< Oui, je suis le frère d'Elfangor. >

J'ai poussé un léger soupir. Je sais bien que c'est ridicule mais, même si j'adorais Elfangor, si je l'admirais inconditionnellement, cela m'agace un peu qu'on m'appelle toujours « le petit frère d'Elfangor ».

Ils étaient trois guerriers andalites. Cela se voyait à la façon dont ils se tenaient. Ils parvenaient à combiner un port raide et altier, avec une souplesse désinvolte sur leurs pattes arrière.

Cela, plus le fait qu'ils portaient en bandoulière des atomisateurs militaires et des téléphones portables ultrapuissants.

< Je suis Samilin-Corrath-Gahar, a dit le plus âgé des trois, le capitaine de ce vaisseau. Voici mon officier tacticien Hareli-Frodlin-Sirinial, et le médecin du vaisseau, docteur Coaldwin-Ashun-Tahaylik. Maintenant, au nom du *yaolin*, que fabriques-tu dans l'Espace-Zéro avec ces cinq créatures ? >

< Les avez-vous sauvées ? Sont-elles vivantes ? Les créatures, je veux dire ? >

Docteur Coaldwin a répondu :

< Oui, elles sont saines et sauves. Mais quelle physiologie insolite ! Quatre d'entre elles sont de toute évidence des bipèdes, mais sans queue. Ils marchent sur deux pattes, mais ils arrivent pourtant à garder l'équilibre sans l'aide d'une queue. Fascinant. La dernière créature est manifestement conçue pour voler et... >

< Oui, merci, docteur, a interrompu le capitaine Samilin. La question que nous posons à l'aristh, c'est ce qu'il fait dans l'Espace-Zéro en compagnie de ces... ces créatures fascinantes. >

Je me suis levé. Mes pattes étaient vacillantes, mais je ne pouvais pas rester allongé comme ça.

< Capitaine, j'étais en animorphe. Une animorphe de très petite taille. Puis j'ai entendu une détonation et, brusquement, je me suis retrouvé dans l'Espace-Z. >

< Quoi ? Tu es la masse extrudée d'une animorphe de petite masse ? Impossible ! s'est exclamé le docteur, les yeux brillants d'excitation. Enfin, ce n'est peut-être pas impossible, mais cela ne s'est encore jamais produit ! Cela anéantirait toutes les théories actuelles sur le déplacement de la masse lors des animorphes. Ce serait une découverte scientifique de… >

< Oui, certainement, a encore interrompu le capitaine, avec une pointe d'impatience cette fois-ci. Mais aussi fascinant que cela soit sur le plan scientifique, j'ai une question plus importante. Nous savons comment tu t'es retrouvé dans l'Espace-Z, aristh Aximili, mais comment ces créatures sont-elles arrivées ici, puisque seuls les Andalites détiennent le pouvoir de l'animorphe ? >

C'était une question directe, posée par un officier de grade élevé. De grade très élevé. Un capitaine de vaisseau est maître et seigneur à bord. En gros, on peut dire qu'un aristh est un être qui pourrait servir de paillasson à un capitaine de vaisseau.

Le ton du capitaine était lourd de menaces, pourtant je me suis senti pris d'une soudaine envie de rire. Je me sentais soulagé. D'abord, parce que mes amis étaient hors de danger. Et puis aussi parce que j'étais de retour parmi mes frères andalites.

Ils me ressemblaient. Ils parlaient comme moi. Ils se déplaçaient comme moi. J'avais envie de rire et d'être triste à la fois.

< Réponds à la question du capitaine ! > a rugi l'officier tacticien, qui prenait la parole pour la première fois.

En tant que gradé numéro deux du vaisseau, l'officier tacticien est chargé de la discipline à bord.

< Excusez-moi, lieutenant, ai-je répondu. Mais ça fait tellement longtemps que je n'ai pas vu d'Andalite. Et je pensais que… que peut-être… que je serais coincé sur Terre pour le restant de mes jours. >

L'expression sévère de l'O. T. s'est un peu adoucie. Très peu.

Le capitaine a hoché la tête et s'est contenté de dire :

< Fais ton rapport, aristh. >

Mais il l'a dit gentiment.

< Oui, capitaine. Je suis naufragé sur la planète Terre depuis à peu près 0,7 année andalite. Je pense être l'unique survivant d'une bataille qui a opposé le vaisseau Dôme où je faisais mes classes à un vaisseau Bassin yirk. Le vaisseau Bassin était escorté par un vaisseau Amiral camouflé qui appartenait à Vysserk Trois. >

L'O. T. a poussé un grognement de dégoût.

< Le Dôme a été détaché avant le combat et... je m'y trouvais. Ce n'était pas ma décision, j'avais reçu l'ordre d'y rester. >

Je me sentais idiot à me défendre de la sorte, mais je ne voulais pas passer pour un lâche.

< En tout cas, le Dôme a quitté son orbite et s'est écrasé au fond d'un des océans de la Terre. Je suis resté plusieurs semaines terrestres sous l'eau avant que les humains viennent me sauver. >

< S'agissait-il des humains qui sont à l'infirmerie en ce moment ? > a demandé le docteur.

< Oui. >

< Ils ont employé une technique de plongée humaine ? > a demandé l'O. T.

< Non. Ils ont morphosé en animaux aquatiques et m'ont sauvé. >

Le visage du capitaine est resté impassible, à peine a-t-il crispé légèrement le dessus de ses yeux principaux.

< Ils ont morphosé, dis-tu. Et où ont-ils acquis le pouvoir de l'animorphe, au juste ? >

Cela n'allait pas être facile. Quelque temps plus tôt, j'étais parvenu à entrer en contact avec l'état-major andalite. On m'avait clairement signifié d'endosser la responsabilité de la transmission du pouvoir de l'animorphe aux humains : il ne fallait pas entacher la réputation d'Elfangor le héros. Or transmettre la technologie de l'animorphe est un grand crime.

Qu'allais-je dire ? Devais-je mentir au capitaine ? Cela me paraissait impossible. Cependant, j'avais reçu des ordres d'une source bien supérieure.

< C'est moi, capitaine. Je leur ai donné le pouvoir de l'animorphe. >

Il m'a regardé.

< Je vois. Tu es un mauvais menteur, aristh Aximili. >

Mes cœurs ont battu plus fort.

< Capitaine ? >

L'O. T. a soupiré :

< Jeune imbécile, si c'était toi qui avais donné le pouvoir de l'animorphe aux humains, comment auraient-ils fait pour être déjà en animorphe la première fois que tu les as vus ? Il est évident qu'ils étaient déjà capables de morphoser quand ils t'ont trouvé. >

Que pouvais-je répondre ? Je n'avais pas eu le temps de préparer mon histoire. J'étais censé être un moustique à plusieurs milliards de kilomètres de là. Maintenant, j'avais l'air d'un menteur doublé d'un imbécile.

Je n'ai rien ajouté. Je me suis juste efforcé de me tenir au garde-à-vous.

< Docteur, merci, a dit le capitaine pour le congédier. Peut-être souhaitez-vous aller vérifier l'état de vos humains ? Et voir si vous pouvez analyser ce problème d'Espace-Zéro qu'a révélé le jeune Aximili. >

Le docteur a quitté la pièce. Alors le capitaine s'est penché vers moi.

< Aristh Aximili, j'aimerais savoir pourquoi tu me mens. >

< Je ne mentirais jamais si… >

< Si quoi, misérable petit aristh de rien du tout ! s'est écrié l'O. T. Tu parles à un capitaine de vaisseau ! >

J'ai hoché la tête.

< Oui, je le sais.>

L'O. T. allait se remettre à crier, mais le capitaine l'a interrompu d'un geste de la main.

< Aristh, es-tu, à un moment ou un autre de ton séjour sur Terre, entré en contact avec la planète mère ? >

< Oui, capitaine >, ai-je répondu, en défaillant presque de soulagement.

Le capitaine Samilin a compris. Il a tout compris.

< As-tu reçu des ordres à cette occasion ? >

< Oui, capitaine. >

Il a paru sur le point de m'en demander davantage, mais s'est abstenu. Il m'a regardé longuement. Puis, d'une voix beaucoup plus douce, il a dit :

< Qu'est-il arrivé à Elfangor ? >

< Il a été tué. Par Vysserk Trois. Sur la planète. >

Le capitaine a hoché la tête. L'O. T. paraissait en état de choc.

< Le prince Elfangor aurait fait une chose pareille ? a-t-il chuchoté d'une voix troublée. Le prince Elfangor a enfreint la loi de la Bonté de Sierow ? >

< Cette spéculation ne sortira jamais de cette pièce, a ordonné sèchement le capitaine. C'est l'aristh Aximili qui a inconsidérément donné le pouvoir de l'animorphe aux humains. Mais, entre nous, j'ajouterai ceci : j'ai servi sous les ordres du prince Elfangor. J'ai été son O. T. Eh bien, lorsqu'Elfangor faisait quelque chose, il avait toujours une bonne raison de le faire. >

Il m'a regardé droit dans les yeux.

< Elfangor n'était pas seulement mon prince, c'était aussi mon ami. Je veux bien croire qu'il a enfreint les règles. Je ne croirai jamais qu'il a mal agi. >

CHAPITRE
13

– **H**é, j'ai une question, a dit Marco en agitant la main dans l'air avec insistance.

< Quelle question ? >

– Où, où, où... Où sommes-nous ?

< Nous sommes dans l'infirmerie du vaisseau d'assaut andalite *Ascalin*. >

J'essayais de ne pas paraître trop heureux. Je savais que mes amis humains seraient catastrophés d'apprendre qu'ils étaient naufragés loin de la Terre.

– *Ascalin* ? s'est étonnée Rachel. Ce n'est pas une nouvelle variété de salade, la scaline ?

< Nous venons de quitter l'Espace-Zéro et nous croisons maintenant à vitesse maximale en direction de la planète Leira. >

– Leira ? La planète des grenouilles télépathes ? a

demandé Cassie. Les créatures que les Yirks voulaient attaquer avec les requins mutants ?

< Oui. >

Comme nous le savions déjà, les Yirks avaient du mal à envahir Leira selon leur méthode habituelle. Les Leirans ont des pouvoirs parapsychiques qui leur permettent de détecter la présence d'un Yirk dans la tête d'un autre Leiran. Les Yirks voulaient donc modifier l'anatomie des requins-marteaux pour pouvoir les infester, puis se servir de ces requins-Contrôleurs comme troupes de choc dans les océans de Leira*.

– Mais nous avons déjoué ce plan sur Terre, m'a interrompu Marco avec impatience. J'y étais, tu te rappelles ? Je me souviens de cette anecdote. Mais je voudrais bien savoir comment nous avons débarqué ici ? J'étais un brave moustique et d'un coup, bing ! je me retrouve en moi-même, le charmant Marco, sauf qu'un Andalite me reluquait en se demandant pourquoi je n'ai pas de queue ! J'ai failli faire sur moi, j'ai cru que c'était Vysserk Trois !

< Il semblerait que notre masse extrudée ait été emportée dans le sillage du vaisseau. Tout le monde

---

* voir *L'Évasion* (Animorphs n°15)

est surpris et très intrigué. Nous représentons une percée scientifique de grande importance. >

– Ah ! bien… Je me sens tout de suite mieux ! s'est exclamée Rachel sur ce ton que les humains nomment « sarcastique ».

– Comment faisons-nous pour rentrer sur Terre ? a demandé prince Jake.

< Personne ne le sait. Le docteur et les autres savants à bord travaillent sur la question. Il se peut qu'il y ait un effet ressort. Mais ils ne savent pas. Et nous sommes sur le point de nous poser sur Leira. Ceci est un vaisseau d'assaut, ce qui signifie qu'il transporte un grand nombre d'engins d'attaque. L'invasion de Leira par les Yirks n'est plus secrète. C'est devenu une guerre déclarée. Les Yirks ont quatre vaisseaux Bassins et deux vaisseaux Amiraux en orbite. Avec des centaines de Cafards. Nous avons moins du tiers de leurs effectifs. >

– Dis-moi si j'ai bien compris, a repris Rachel. Nous sommes actuellement à des années-lumière de chez nous et nous allons nous retrouver au beau milieu d'une grande bataille où les méchants sont à trois contre un ?

< Exact. >

– Super, a fait Rachel. Et que pouvons-nous faire pour aider ?

– Oh même pour toi, Rachel, c'est un mauvais plan, a estimé Marco.

< Vous ne pouvez rien faire, ai-je expliqué. Je vous ai dit que le *kafit* que Vysserk Trois a morphosé pour m'attaquer était originaire de ma planète. Cela signifie que les Yirks ou leurs alliés ont dû infiltrer ma planète. Nous ne pouvons révéler votre secret à personne. En supposant que vous arriviez à regagner la Terre, vous ne pourrez pas survivre si les Yirks découvrent qui vous êtes. >

Cassie a penché la tête et m'a regardé avec un petit sourire triste.

< En supposant que vous arriviez à regagner la Terre ? Ce qui veut dire que tu ne rentrerais pas avec nous ? >

Pourquoi avais-je employé ces mots-là ? J'avais la tête pleine à craquer de questions, de problèmes et d'émotions de toutes sortes. Je ne voulais pas penser à me séparer de mes amis humains.

Rachel a pris un air mécontent.

– Je vais te dire un truc, Ax. Si on s'attaque aux Yirks aujourd'hui, je serai de la partie.

< Nous devons obéir aux ordres du capitaine >, lui ai-je rétorqué.

– Qui a dit ça ? a fait Marco.

Je commençais à ressentir des émotions encore plus perturbantes. En fait, je frôlais la panique, maintenant. Doublée, curieusement, d'un sentiment de culpabilité.

< Je ne suis qu'un humble aristh. Je dois obéir aux ordres. Comme un soldat humain. >

J'ai regardé prince Jake d'un œil implorant.

< Tu dois me comprendre. Tu n'es plus mon prince, maintenant que j'ai retrouvé les miens. >

Ils m'ont tous regardé. Ce n'était pas un regard agréable.

Prince Jake s'est efforcé de ne pas avoir l'air contrarié. Mais j'ai beau ne pas être un expert en physionomie humaine, je crois que ma déclaration l'avait affecté.

< Tu dois peut-être te demander qui sont vraiment les tiens, maintenant >, m'a murmuré Tobias, sans que personne d'autre n'entende.

< Je ne suis pas comme toi, Tobias. Je ne suis pas un nothlit. Je ne suis pas prisonnier dans un corps d'une autre espèce que la mienne. >

< Non. Mais je crois que tu n'es plus un simple aristh

non plus, maintenant. Et que cela te plaise ou non, tu es l'un des nôtres. >

Je ne lui ai pas répondu. Il avait tort. Alors j'ai dit, aussi délicatement que j'ai pu :

< Le capitaine ordonne que vous restiez tous ici jusqu'à ce que la situation se stabilise. Dans cette pièce. S'il vous plaît, n'essayez pas de circuler dans le vaisseau. >

CHAPITRE
14

L'*Ascalin* fonçait avec toute la puissance de ses moteurs vers la planète Leira. Je me trouvais sur la passerelle de commandement. Pour une raison que j'ignorais, le capitaine m'avait fait venir et semblait vouloir me garder près de lui.

Peut-être craignait-il que la compagnie des humains me soit néfaste. Je ne sais pas. Tout ce que je sais, c'est que, en principe, un aristh n'est pas autorisé à monter à cet endroit. C'était une petite passerelle, comme toujours sur un vaisseau de combat. Rien à voir avec les grands espaces d'un vaisseau Dôme. Il n'empêche, l'herbe était épaisse et serrée sous mes sabots. Et tout autour de cette zone circulaire étaient disposés les détecteurs et les ordinateurs les plus sophistiqués qui soient, commandés par une demi-douzaine de guerriers attentifs et concentrés.

C'était un honneur d'être là. J'étais excité. Alors pourquoi n'arrivais-je pas à chasser de mon esprit l'image de mes amis humains, assis dans la petite pièce adjacente à l'infirmerie ?

Une grande projection holographique scintillait au milieu de la salle. Elle montrait la planète et les vaisseaux présents alentour. Les vaisseaux yirks en rouge, les nôtres en bleu. Il y avait beaucoup plus de rouge que de bleu.

J'ai également repéré un de ces nouveaux écrans de parole mentale : il transmet les données directement au cerveau. « Le top de la technologie », comme aurait dit Marco.

J'ai décidé que je n'avais aucune raison de me sentir coupable. Je m'étais joint aux humains quand nous étions sur Terre. C'était compréhensible. Mais maintenant, j'avais retrouvé mon peuple. Ma véritable place était ici.

J'ai demandé une carte détaillée de la situation au sol sur l'écran de parole mentale.

La planète Leira est à quatre-vingt-douze pour cent couverte d'eau. Restent huit pour cent de terre, répartis en un continent et quelques îles éparses. La bataille terrestre se déroulerait sur le continent. Ni les Yirks ni nous n'avons de grandes capacités sous l'eau, où les Leirans construisent leurs villes.

J'ai aperçu plusieurs villes leiranes, en général à soixante ou quatre-vingts kilomètres du continent ou d'une des îles.

Quiconque – Yirk ou Andalite – s'emparerait du continent pourrait ensuite prendre le contrôle de toute la planète.

< Que penses-tu de la situation tactique, aristh Aximili ? > m'a demandé l'O. T.

J'étais stupéfait. Il m'avait parlé d'un ton presque cordial.

< Je ne suis pas expert en... >

< Je me doute que non, m'a-t-il interrompu. Je te demandais juste une évaluation. >

< Oui, lieutenant. Les Yirks sont très nombreux en orbite au-dessus de la planète. Je dirais qu'ils ont l'avantage. Mais ils ne veulent pas que la bataille se déroule ici dans l'espace. Même s'ils nous battaient, ils risqueraient d'être trop affaiblis pour envahir le continent et le préserver de la contre-attaque leirane. >

< Je vois. Mais s'ils craignent une bataille terrestre contre les Leirans, pourquoi prendre alors le

risque d'engager le combat sur le continent à la fois contre nous et, éventuellement, contre eux ? >

J'étais à court de réponse. Bien sûr, l'O. T. avait raison ! J'avais dit des sottises.

Il a orienté un tentacule oculaire dans ma direction.

< Parce que, aristh Aximili, les Yirks savent que les différentes espèces ne combattent pas bien ensemble. Nous avons notre façon de faire. Celle des Leirans est très différente. Les Yirks sont unis sous un seul commandement ; ce n'est pas le cas des Leirans et nous. >

J'ai remarqué que le capitaine nous regardait, son O. T. et moi. Il avait l'air pensif et mécontent.

< Il y a une leçon à tirer de tout ça, aristh, a repris l'O. T. Nous autres, Andalites, nous sommes plus forts lorsque nous nous battons seuls. >

< Oui, lieutenant. >

J'avais compris ce qu'il voulait dire. Il parlait des humains. Et je n'avais maintenant qu'à me taire.

< Pourtant, sauf le respect que je vous dois, ce sont mes amis humains et moi qui avons empêché les Yirks de créer une espèce aquatique de troupes de choc destinée aux océans de Leira. Si les Yirks avaient mené ce plan à bien, la situation d'aujourd'hui serait intenable. >

Le visage de l'O. T. exprimait maintenant la colère. Je ne regrettais pas d'avoir parlé, mais je redoutais maintenant sa...

< Déflagrations Dracon ! s'est écrié un guerrier en poste devant un détecteur. Nous avons des déflagrations de rayons Dracon au nord du continent. Et maintenant des tirs d'atomisateur. Le combat a commencé. >

Un instant plus tard, l'hologramme d'un visage andalite est apparu devant nous.

< Prince Galuit-Enilon-Esgarrouth, commandant des forces armées, a annoncé l'O. T. Garde à vous ! >

Personne ne s'est mis au garde-à-vous à part moi. Ils étaient tous occupés. On ne s'y met pas réellement lorsqu'on est en train de faire quelque chose d'important.

Calmement, la tête holographique a déclaré en parole mentale :

< Le combat a commencé sur le continent. Les forces armées yirks sont nombreuses. Appliquez le plan sept-quatre. A nos alliés leirans : que votre grand dieu Cha-Ma-Mib vous soutienne en cette journée. Et à tous les guerriers andalites : le peuple attend de chacun de vous qu'il fasse son devoir. >

L'*Ascalin* a décéléré en entrant dans l'atmosphère épaisse et humide de Leira.

< Lieutenant, quel est mon poste de combat ? > ai-je demandé.

Il a ri, du rire sombre d'un guerrier qui va au combat.

< Pour l'audacieux aristh qui a rendu tout ceci possible ? Tu ferais bien de rester près de moi. >

Le capitaine et lui ont échangé un regard en riant. Je ne savais pas si je devais être fier ou embarrassé. En fait, j'avais surtout peur.

Le continent grossissait à vue d'œil. Il était vert et luxuriant, en grande partie recouvert de végétation. Vert comme les bois et la jungle de la Terre, mais avec aussi de vastes étendues de forêt jaune vif.

L'extrémité nord du continent était moins fertile, plus aride, et sans doute plus froide. C'était dans une des vallées du nord que la bataille faisait rage.

< Visuel, a ordonné le capitaine. Grossissement maximal. >

L'hologramme qui montrait jusqu'alors l'espace s'est changé en une image étonnamment réaliste de la vallée. Je distinguais nettement les troupes yirks, en majorité des Hork-Bajirs, avec une réserve de Taxxons et quelques Gedds, retranchés sur une éminence de terrain surplombant la vallée. Ils avaient érigé tout un rempart de champs de force sur leurs arrières, ce qui obligeait nos troupes et celles des Leirans à les attaquer de front.

Nos vaisseaux Chasseurs fonçaient entre les rochers et les arbres clairsemés, tirant et essuyant le feu des Yirks. Un bataillon de Leirans escaladait les rochers, presque à découvert, pour attaquer les ennemis.

< Tu vois pourquoi les Yirks ont choisi de livrer combat ici ? m'a demandé le capitaine. Comme te l'expliquait l'O. T., différentes espèces, avec différents commandements, ont du mal à coopérer efficacement. Regarde ! Nous gaspillons nos troupes pour protéger les Leirans et leur éviter de se faire tailler en pièces. Résultat, nous sommes affaiblis. >

< L'*Ascalin* va arranger tout cela ! > a affirmé l'O. T. avec confiance.

< Procédure d'approche >, a annoncé un guerrier. Puis...

< Capitaine ! Il y a une défaillance dans le système de guidage de l'atterrissage ! >

Le capitaine paraissait parfaitement serein. L'O. T. s'est tourné d'un mouvement brusque vers le guerrier qui avait parlé, et il a rugi :

< Quoi ? >

< Lieutenant, toutes les commandes sont bloquées. Et la prise de contrôle manuel m'a été refusée ! >

L'O. T. a bondi vers l'ordinateur. Ses doigts se sont mis à courir fébrilement sur les écrans tactiles et les résonateurs. Je l'ai vu se concentrer pour établir le lien mental avec le système.

Alors, le visage pétrifié d'horreur, il s'est tourné vers le capitaine.

< Capitaine ! L'approche amorcée nous fait atterrir derrière les lignes yirks. Nous n'avons pas l'ombre d'une chance de nous en sortir ! >

Le capitaine s'est avancé calmement vers son O. T. Et puis...

Zacc !

Rapide comme l'éclair, il a fendu l'air avec sa lame caudale qui a touché l'O. T. à la base de la queue.

La queue de l'O. T. Hareli s'est détachée de son corps et a roulé au sol. Tous les guerriers de la passerelle se sont immobilisés, sidérés par cette scène impossible.

Le capitaine a sorti son atomisateur et s'est mis à tirer.

Tsiou ! Tsiou !

Les guerriers tombaient un à un sur la passerelle, inconscients ; l'O. T. saignait abondamment. L'air se transformait en fournaise, et l'électricité statique crépitait en flammes bleutées sur les corps et les machines.

Seul l'O. T. horrifié fut épargné. C'était une insulte délibérée : il ne représentait plus un danger. Le capitaine a ramassé son atomisateur puis il a braqué le sien sur moi.

< Ah, mon bon petit aristh, a-t-il dit. Je ne veux pas prendre le risque de te blesser. Vysserk Quatre serait très fâché si je blessais les créatures qui ont causé tant d'ennuis à Vysserk Trois sur Terre. Vysserk Trois et Vysserk Quatre sont de si bons amis. Reste calme. Tout cela sera bientôt fini. Ensuite vous serez… les invités de l'Empire yirk. >

CHAPITRE

15

Je suis resté là sans bouger, comme si on m'avait cloué les sabots. C'était impossible ! Un traître parmi les capitaines de vaisseau andalites ? Peut-être était-ce un Contrôleur ?

Personne ne bougeait. L'ordinateur guidait l'*Ascalin* dans son approche, le faisait lentement obliquer vers le sol, à quelques centaines de mètres des rochers. Dans quelques secondes, nous nous poserions.

L'O. T. Hareli saignait abondamment, mais je savais qu'il préférerait mourir que vivre privé de sa queue.

Les humains ! Cette pensée m'a frappé avec la force d'un rayon Dracon. Mes amis humains étaient à l'infirmerie. Le capitaine connaissait leur secret. D'ici quelques secondes, l'Empire yirk tout entier le connaîtrait aussi. La nouvelle parviendrait en un éclair à Vysserk Trois. Mes amis ne rentreraient pas chez eux. Jamais.

Et la Terre, comme Leira, tomberait sous l'emprise des Yirks.

< Prince Jake ! Tobias ! Cassie ! Marco ! Rachel ! ai-je crié à leur attention en parole mentale. Si l'un de vous m'entend, sauvez-vous ! Le capitaine est... >

< Le capitaine est une ordure >, a continué la voix mentale de Marco, étonnamment nette et proche.

< Quoi ? Où es-tu ? >

< Eh ouais, Ax ! On a décidé de ne pas rester dans la pièce, les bras croisés comme de gentilles petites filles et de gentils petits garçons, a ajouté Rachel. Désolée ! >

< Ax, nous sommes sur la passerelle, est intervenu prince Jake. Nous avons vu ce qui s'est passé. Du moins, aussi bien qu'on peut voir, dans ces animorphes. >

< Prince Jake, il est absolument vital d'arrêter ce capitaine Samilin ! >

< Nous ne pouvons pas le supprimer, est intervenue Cassie, nous mettrions trop de temps à démorphoser. Mais il se trouve que je suis sur le capitaine, et je peux le distraire très efficacement. >

L'*Ascalin* descendait vers le sol. Par le hublot avant, je voyais des rangs serrés de Hork-Bajirs qui encerclaient la zone d'atterrissage en braquant leurs armes.

< Vas-y, Cassie, ai-je déclaré avec une détermination farouche. Distrais-le et je m'occuperai du reste. Il ne nous reste que quelques secondes ! >

Fasciné, j'ai vu une puce trop petite pour qu'on la remarque se changer en puce trop grosse pour qu'on l'ignore. Elle grossissait à vue d'œil sur le dos du capitaine, avec d'horribles contorsions d'animorphe.

< Qu'est-ce que... >, s'est exclamé le capitaine.

Zacc !

J'ai frappé. Ma lame caudale s'est dressée, visant le cou de Samilin.

D'un bond, il a esquivé. Ma lame a entaillé le haut de sa patte avant droite. Çà et là, des mouches et des cafards que personne n'avait remarqués jusqu'alors commençaient à grossir : mes amis humains démorphosaient.

Le capitaine a dirigé son atomiseur vers moi et j'ai frappé à nouveau.

Zacc !

L'arme a volé loin de sa main et roulé en travers de la passerelle.

Maintenant, nous allions nous battre queue contre

queue, le capitaine et moi. Nous étions face à face, tremblant d'énergie et de concentration, chacun de nous guettant l'occasion qui lui permettrait d'asséner le coup de queue fatal.

En un éclair, j'ai revu la scène avec Vysserk Trois. Pour la seconde fois, j'affrontais un ennemi en combat singulier. Cette fois-ci, mon adversaire n'en réchapperait pas.

Tsiou !

L'O.T. Hareli ! Il avait ramassé l'atomisateur et fait feu. Le capitaine a grésillé, une expression d'horreur sur le visage, puis il a disparu.

< L'ordinateur ! a hurlé l'O.T. Prise de contrôle manuel ! Vite ! >

Boum !

Trop tard. L'*Ascalin* s'est écrasé lourdement. Je suis tombé à la renverse. Mes amis humains, qui avaient tous retrouvé leur corps, ont été projetés en travers de la passerelle. Seul l'O.T. est parvenu à rester debout.

< Ordinateur, décollage d'urgence ! >

< Exécution impossible, a répondu la voix désincarnée. Moteur principal gravement endommagé. >

J'ai vu Hareli vaciller sur ses sabots en entendant cette nouvelle.

< Humains, remorphosez ! a-t-il hurlé. La seule façon de sortir d'ici est d'être invisible. Et toi aussi, aristh. >

< Je ne m'enfuirai pas ! >

< Si, tu vas t'enfuir, aristh Aximili-Esgarrouth-Isthil. Toi et les humains, vous allez vous enfuir et informer le commandant de cet ignoble forfait. C'est un ordre. >

< Mais… >

< Sais-tu obéir à un ordre ? > a-t-il rugi.

< Oui, lieutenant. >

< Morphosez en petits animaux. Je vous lâcherai par l'écoutille de secours. Éloignez-vous le plus possible de l'*Ascalin*. Vous n'aurez pas beaucoup de temps. Tu m'entends ? >

Je savais ce qu'il allait faire. Je savais qu'il n'avait pas le choix. Il ne pouvait pas laisser les Yirks le capturer. Il ne pouvait les laisser capturer aucun des Andalites se trouvant à bord. Et il n'existait aucun moyen d'échapper à ce piège.

< Prince Jake, nous devons morphoser en petits animaux. Euh… en mouches. Morphoser en mouches et voler jusqu'au plafond de la passerelle. Il y a une écoutille de secours. >

Rachel m'a fixé avec un profond mépris. Puis elle s'est tournée vers prince Jake.

– Qu'est-ce qu'on fait ?

– On fait ce qu'il a dit, a répondu prince Jake. Allez-y.

Je me suis concentré sur l'animorphe de mouche. Je m'attendais à ce que l'O. T. Hareli paraisse surpris ou horrifié en voyant s'opérer la transformation. Après tout, les mouches sont des créatures assez hideuses, même selon les critères terrestres.

Mais il avait d'autres préoccupations. Il titubait de faiblesse, tant il avait perdu de sang. Et il faisait une annonce qui allait être diffusée dans tout le vaisseau.

< A tous les guerriers et tous les membres d'équipage de l'*Ascalin*. Ici l'officier tacticien. Le capitaine est mort. Nous sommes encerclés. La situation est sans espoir. L'unique chose qu'il nous reste à faire est d'infliger le maximum de dommages aux Yirks. Dans trois minutes, je vais déclencher toutes les armes en notre possession. Il s'ensuivra une réaction en chaîne qui fera exploser le vaisseau. >

Il s'est tu pour laisser l'information se diffuser.

< Accomplissez le rituel de mort, mes amis. Merci pour votre service à bord de ce vaisseau. Vous mourez en servant le peuple et en défendant la liberté. >

Je rapetissais rapidement. Le sol de la passerelle fonçait à ma rencontre. Des pattes et des antennes d'insecte jaillissaient de mon corps. Mais je n'en étais pas moins un Andalite, de tout cœur avec les Andalites à bord.

De tous les coins du vaisseau montait une centaine de voix mentales, qui prononçaient les paroles du rituel. Je ne pouvais faire autrement que de me joindre à elles.

< Je suis le serviteur du peuple >, ai-je dit.

J'aurais dû incliner la tête, mais je n'avais plus de tête à incliner.

< Je suis le serviteur de mon prince. >

Je savais que tous mes frères andalites, à bord, étaient en train de lever leurs tentacules oculaires vers le ciel.

< Je suis le serviteur de l'honneur >, ai-je continué, et l'écho de ces voix fortes m'a répondu.

< Ma vie ne m'appartient pas, quand le peuple en a besoin. Ma vie… est offerte pour le peuple, pour mon prince, et pour mon honneur. >

J'ai poussé sur mes pattes de mouche, agité mes ailes membraneuses et me suis propulsé vers l'écoutille de secours.

< Aristh ? > a appelé l'O. T. d'une voix faible.

< Oui ? >

< Peut-être me suis-je trompé. Peut-être différentes races peuvent-elles être plus fortes en s'unissant. Pars avec tes humains et prouve que j'avais tort. >

L'écoutille s'est ouverte avant que j'aie pu répondre. Un puissant courant d'air m'a aspiré dans le crépuscule leiran.

< Jake… prince Jake, ai-je dit. Nous devons nous éloigner le plus possible. >

Nous sommes partis dans les airs, ballottés par le vent fort qui soufflait et nous emportait vers une destination inconnue. Lorsque l'*Ascalin* a explosé, nous étions déjà suffisamment loin pour échapper aux éclats. Suffisamment loin aussi pour ne pas entendre les cris mentaux d'une centaine de héros agonisants.

< **B**on. Et maintenant ? > a demandé Rachel.

Je n'avais pas de réponse. J'étais incapable de réfléchir. Je n'arrêtais pas de retourner cette idée dans ma tête : un capitaine de vaisseau andalite avait trahi. C'était impossible. Car plus j'y pensais, plus il m'apparaissait avec certitude que le capitaine n'était pas un Contrôleur.

L'*Ascalin* avait séjourné des semaines dans l'espace. S'il y avait eu un Yirk dans le cerveau du capitaine, il aurait eu besoin de rayons du Kandrona pour survivre. Or même le capitaine n'aurait pas pu dissimuler un Kandrona portable à bord.

< J'ai dit… et maintenant ? > a répété Rachel.

< Je ne sais pas >, ai-je répondu.

< Ah bon. Alors si toi tu ne sais pas, qui va savoir ? a-t-elle insisté. Qu'est-ce qu'on va faire ? Partir à la

recherche de la décharge la plus proche pour voir si on ne trouverait pas un bon tas de fruits pourris ? Il nous faut un plan, bon sang. >

< Je... Je... je ne sais pas quoi faire >, ai-je répété.

< Nous devons trouver un moyen de rentrer sur Terre, est intervenu Marco. Visiblement, grâce au sympathique capitaine Samilin, cette guerre tourne très mal pour nous. Je n'aurais pas cru que les Andalites tout-puissants faisaient des trucs pareils. Je pensais que seuls nous autres, pauvres humains primitifs et stupides, étions capables de passer à l'ennemi. >

< Si on le laissait un peu tranquille, maintenant ? > a dit alors Tobias.

< Ouais, le pauvre Ax, a ricané Rachel. Il nous laisse tomber en un quart de seconde pour son grand capitaine, lequel, manque de pot, s'avère être un traître. >

< Rachel, je ne crois pas que ce soit très juste de dire ça >, a protesté Cassie.

< Juste ! Juste ! a explosé Marco. Sans nous, si nous n'avions pas complètement ignoré les conseils d'Ax et de son précieux capitaine, à l'heure qu'il est, il serait mort avec... >

< J'aurais préféré ! me suis-je écrié. J'aurais préféré mourir avec eux. >

Je n'avais pas voulu dire cela. Et je ne le pensais pas vraiment. Je voulais vivre. Cela me donnait horriblement mauvaise conscience, mais je voulais vivre.

< Bon, maintenant, tout le monde la ferme, a ordonné prince Jake, prenant enfin la parole. C'est dur, ce qui s'est passé là-haut. Beaucoup de gens bien sont morts. On est tous choqués. Alors on prend deux minutes pour se calmer. >

Il s'est tu.

< Bien. Voici ce que nous allons faire. Nous volons jusqu'à ce que nous atteignions la limite des deux heures. Nous n'irons pas loin dans ces corps, même avec ce vent, mais nous avons intérêt à nous éloigner le plus possible. >

Nous nous sommes mis à voler en silence. Nos yeux à facettes nous donnaient une vision morcelée de l'étrange planète et nous avancions, presque sourds, en sentant des odeurs que nous ne pouvions pas identifier. Seuls dans le silence de nos pensées. Au bout d'un moment, j'en suis presque venu à regretter les cris et les reproches. C'est terrible de vivre quand tant d'autres ont péri. C'est terrible car vous avez beau faire, une seule pensée vous vient sans cesse à l'esprit : heureusement que ce n'était pas moi.

J'étais heureux que ce ne soit pas moi.

Nous nous sommes posés entre des rochers qui nous offraient une bonne cachette et nous avons démorphosé. D'après ce que j'avais vu sur l'écran de l'*Ascalin*, nous nous trouvions dans une sorte de région déserte entre les troupes yirks et les troupes andalites. La bataille pouvait déferler sur nous d'un instant à l'autre.

— Bien, je suis calme, maintenant, a annoncé Rachel aussitôt après avoir quitté son animorphe de mouche. Donc maintenant que je suis calme, même question : qu'est-ce qu'on fait ?

— Qu'est-ce tu penserais si Tobias allait faire un petit vol de reconnaissance ? m'a demandé prince Jake.

< Je ne sais pas. >

Prince Jake m'a regardé en serrant les lèvres et en plissant légèrement les yeux. Je crois que cette expression signifie « contrariété ».

— Tobias ? Va jeter un rapide coup d'œil, a-t-il ordonné.

Tobias a décollé du sol en battant des ailes. Prince Jake m'a regardé.

— Bon, écoute-moi, Ax. Je sais que tu n'es pas bien en ce moment. Pour plusieurs raisons, sans doute. Mais cela ne te libère pas de tes responsabilités.

< Quelles responsabilités ? >

– Écoute, il y a des Andalites qui tirent sur des Yirks. A part nous, il n'y a pas d'humains dans ce combat. Tu n'es peut-être pas un grand expert, mais tu en sais plus que nous sur ce qui se passe. Alors reprends-toi.

A ce moment-là, Tobias est revenu à toute allure et s'est posé à la hâte sur un piton rocheux, ce qui a dû lui faire un peu mal aux serres.

< Environ un millier de Hork-Bajirs fortement armés arrivent dans notre direction, et ils avancent vite. Ils sont escortés par des espèces de grands vaisseaux ovales et plats qui planent à quatre cents mètres d'altitude en tirant des salves de rayons Dracon. Derrière eux viennent des Taxxons. Et par là-bas, il y a deux douzaines de vaisseaux andalites qui volent eux aussi à basse altitude et, au sol, peut-être une centaine d'Andalites à l'air farouche. Je me trompe peut-être, mais je n'ai pas l'impression que les bons vont gagner cette bataille. >

< Nous devrions essayer de rejoindre les troupes andalites >, ai-je dit.

– Ah ouais, pour nous faire dénoncer par un autre traître andalite ? a lancé Rachel.

Sans même que j'aie eu conscience de bouger, ma lame caudale s'est plaquée contre sa gorge. Elle m'a regardé de ses yeux humains, froids et bleus.

– Qu'est-ce qu'il y a, Ax ? La vérité fait mal ? Tu nous as lâchés pour pouvoir lécher les bottes du capitaine Racaille. Qu'est-ce qui va se passer si nous allons trouver d'autres Andalites ? Tu vas nous dire d'attendre dans un coin pendant que tu feras des courbettes au prochain Andalite que tu rencontreras ?

J'ai replié ma queue, horrifié d'avoir eu une réaction aussi incontrôlée. J'ai senti la colère me quitter. Rachel avait raison.

< J'ai commis une erreur en faisant confiance au capitaine Samilin. J'ai commis une erreur en vous tenant tous à l'écart. C'est… c'est grâce à vous que je suis toujours vivant, et vous m'offrez votre amitié depuis longtemps, maintenant. Tout ce que je peux dire, c'est qu'aucun de vous ne sait quel effet cela fait d'être complètement coupé des siens. >

< Un de nous le sait >, a ajouté doucement Tobias.

< Tout ce que je peux dire, c'est que je regrette. Et je considérerai Jake comme mon unique prince jusqu'à ce qu'il décide le contraire. >

Je me suis tourné vers prince Jake et je l'ai regardé de tous mes yeux.

< Tu es mon unique prince jusqu'à ce que toi, et toi seul, décides le contraire. >

Pour une fois, il n'a pas dit : « Ne m'appelle pas prince. »

Au lieu de quoi, il a répondu :

– D'accord. Maintenant ce que j'aimerais savoir, c'est ceci : y a-t-il quelqu'un, du côté andalite, dont nous puissions être sûrs à cent pour cent ?

C'était une question douloureuse. J'ai senti fondre mes derniers vestiges d'orgueil.

< Le commandant. Si c'était un espion des Yirks, toute cette bataille serait déjà perdue. >

– Oui, ben elle a l'air drôlement mal barrée, a commenté Marco.

< Prince Galuit-Enilon-Esgarrouth, commandant des forces armées, a perdu toute sa famille lors d'un raid yirk sur un avant-poste andalite. Toute sa famille : sa femme et ses trois enfants. Ils ont préféré mourir plutôt que de se laisser capturer. Leurs corps ont été jetés en pâture aux Taxxons. Nous pouvons faire confiance au prince Galuit. >

J'ai soupiré.

< Et nous ne devrions sans doute… faire confiance à personne d'autre. >

CHAPITRE
17

Le plan paraissait simple : entrer en contact avec les forces andalites. Mais il est très dangereux d'avancer à la rencontre d'un grand nombre de guerriers en colère, redoutables, nerveux et fortement armés.

< Le dispositif de défense automatique déclenche des tirs sur tout ce qui se trouve à une certaine hauteur et qui s'approche trop près, ai-je expliqué. Tout. N'importe quelle forme située à plus d'un mètre du sol environ est repérée par les capteurs, visée et criblée de projectiles. >

— Ce terrain est trop irrégulier pour marcher, a dit Cassie, en réfléchissant. Et il commence à faire nuit. Nous pourrions essayer des oiseaux plus petits. Reprendre nos animorphes de mouettes. Non, attendez ! Des chauves-souris ! Moins rapides, mais plus agiles. Et grâce à l'écholocalisation, nous pourrons voler au ras du sol même dans le noir.

– Tous en chauves-souris ! s'est écrié Marco avec une gaieté tout à fait déplacée.

– Nous morphosons, et ensuite nous volons en rasant constamment le sol, a résumé prince Jake. Une fois parvenus derrière les lignes andalites, nous cherchons un moyen de rencontrer ce prince Galuit.

Il m'a regardé.

– Et, quoi qu'il arrive, nous nous tenons à l'écart des combats tant que nous n'aurons pas rencontré Galuit. Compris ?

< Oui, prince Jake. >

Prince Jake m'a fixé, le visage sérieux. Puis il a ajouté :

– Ne m'appelle pas prince.

Et il a esquissé un petit sourire avec sa bouche.

J'avais déjà eu l'occasion de morphoser en chauve-souris et, après les moustiques et les mouches, cette animorphe paraissait presque banale. Tout d'abord, la chauve-souris a de la fourrure. Et je trouve la fourrure très réconfortante, même lorsqu'elle est brun foncé et très différente de la mienne, qui est bleue.

Cependant, les chauves-souris sont vraiment

handicapées au sol. Leurs pattes arrière sont rabou-gries et balourdes, et leurs pattes avant – ou leurs bras, allez savoir – sont encombrées par des ailes parcheminées. Pour un Andalite, il est perturbant de ne pas pouvoir courir.

Je me suis concentré sur la chauve-souris, cette étrange créature, d'une étrange et si lointaine planète. J'ai rétréci, me rapprochant à toute vitesse du sol. Comme si j'allais tomber dans un des nombreux cra-tères volcaniques du sol rocailleux.

Mes pattes avant se sont recroquevillées, et je me suis presque retrouvé la figure contre le sol. Ma lame caudale s'est atrophiée en se froissant comme une feuille qui brûle. Ce froissement a remonté jusqu'à la base de ma queue.

Je n'ai pas pu m'empêcher de revoir en esprit l'offi-cier tacticien dans les horribles moments qui ont suivi l'agression du capitaine, quand sa queue gisait, sec-tionnée, à côté de lui. L'O. T. Hareli ne m'avait pas plu. Il me faisait penser à beaucoup d'autres de ces offi-ciers un peu âgés : arrogants et pleins de préjugés. Il n'empêche qu'il s'était comporté en véritable Andalite. Il était mort en héros.

Maintenant, mes pattes arrière rapetissaient à leur

tour. Elles sont restées parfaitement symétriques jusqu'au moment où elles ont atteint une taille très réduite. Alors, au dernier instant, de minuscules griffes se sont substituées à mes sabots.

Mes bras se sont atrophiés en pivotant de quelques degrés sur l'axe de mon corps. Mes doigts se sont allongés par rapport au reste du bras, qui continuait de rétrécir. Des pans de peau, grise puis noire, ont poussé. Ils me pendaient des bras comme un vêtement humain très large.

Le vêtement est un tissu conçu pour couvrir le corps humain. Parfois, il sert de protection contre le froid. Mais sa principale raison d'être, à ce que je crois comprendre, est que les humains trouvent leur corps en grande partie insupportable à regarder. Ils ont raison, bien sûr, mais ils couvrent les mauvaises parties : rien de plus hideux, par exemple, qu'un nez humain.

La peau s'est tendue et transformée en ailes. Mes oreilles ont pointé. Et, bien sûr, comme presque toutes les créatures terrestres, j'ai acquis une bouche.

J'avais une assez bonne vue. Pas aussi puissante que celle d'un oiseau de proie, mais presque aussi performante que celle d'un homme. Cependant, la vue n'est pas l'atout majeur des chauves-souris. Le pouvoir spécial dont elles disposent est le suivant : elles peuvent envoyer une série d'ultrasons qui ricochent contre les objets solides et renvoient une image « sonore » à l'émetteur.

Le soleil leiran déclinait rapidement. Les yeux de chauve-souris commençaient à faiblir dans la pénombre. Mais j'avais une image très nette des rochers alentour.

< Bon, allons trouver le grand manitou andalite >, a dit Marco.

J'ai battu des ailes et décollé. Une fois de plus en compagnie de mes amis humains.

Je me sentais étrangement à l'aise. Comme si, malgré la colère de prince Jake, les sarcasmes de Marco, la méfiance affichée de Rachel, j'étais malgré tout à ma place avec eux.

Allez savoir pourquoi, à ce moment-là, malgré les images de la catastrophe de l'*Ascalin*, encore très présentes à mon esprit, je me suis vu loin d'ici, dans un autre corps, en train de manger des beignets à la cannelle avec une bouche.

Je voulais rentrer. Je voulais rentrer sur Terre.

Le capitaine Samilin était passé à l'ennemi yirk. Étais-je en train de passer dans le camp humain ?

CHAPITRE

18

J'ai agité mes ailes parcheminées, lancé quelques salves d'ultrasons, et me suis mis à voler à moins de vingt centimètres du sol. Le sens de l'écholocalisation de la chauve-souris produisait une sorte d'image aux contours nets et aux volumes vaguement esquissés.

Je plongeais entre les rochers, m'élevais dans l'air quelques millimètres à peine avant l'obstacle. Je tournais à gauche, à droite, en volte-face brusques et acrobatiques.

< C'est fou ce truc ! > a hurlé Marco.

Fou, dans la bouche de Marco, peut avoir plusieurs significations. Ça peut signifier « stupide », mais aussi « amusant ». Je crois qu'en ce cas il voulait dire « amusant ». Car même si c'était fou, c'était grisant.

< Yahou ! > a crié Rachel.

Puis elle a rigolé de manière féroce.

Bientôt, le jeu est devenu risqué : jusqu'à quel point pouvais-je raser les arêtes rocheuses sans me déchirer une aile ou fracasser mes os fragiles de chauve-souris contre un obstacle ?

Et cela détournait mon esprit de pensées plus sombres et plus troubles.

Soudain, les oreilles merveilleusement sensibles de la chauve-souris, ces oreilles capables d'entendre le retour de l'écholocalisation, ont enregistré une nouvelle information. Un bourdonnement. Un bourdonnement puissant et syncopé, qui s'accentuait à mesure que nous avancions.

< Prince Jake, je crois que nous entendons les capteurs andalites >, ai-je prévenu.

< Ah, c'est cela ? a commenté Cassie. On dirait presque de la musique. >

Nous avons continué de voler en rasant le sol, frôlant parfois des saillies rocheuses. Soudain...

< Houlà ! Arrêtez-vous ! Arrêtez-vous ! > a crié Cassie, qui volait en tête.

J'ai grimpé à angle droit vers le ciel.

Tsiou !

Les déflagrations des lance-rayons Dracon et des atomisateurs étaient assourdissantes. Et les éclairs aveuglaient nos yeux de chauve-souris. Des Hork-Bajirs, au moins une vingtaine, s'acharnaient contre un groupe formé de trois Andalites et de deux Leirans. Le combat faisait rage. Dans quelques minutes, tout serait fini.

Ce serait un massacre. Mais prince Jake nous avait donné l'ordre de ne pas nous mêler aux combats. Je n'allais pas les décevoir de nouveau, lui et mes amis humains.

Un groupe de Taxxons approchait, prêts à achever les Andalites déjà blessés qui gisaient au sol.

A ma grande surprise, c'est Cassie qui est finalement intervenue :

< Jake, il faut faire quelque chose. >

< N'ai-je pas dit que nous nous tenions à l'écart des combats ? >

< Exact, tu l'as dit, a répondu Tobias. Maintenant, qu'est-ce qu'on fait ? >

Prince Jake a hésité. Puis il a dit :

< D'accord, allons les sauver. On se pose, on démorphose, on remorphose, et vite vite vite ! >

Mais avant que nous ayons pu nous poser, toute la cuvette rocheuse où se tenaient les Andalites et les Leirans a explosé.

Ba boum !

L'onde de choc m'a projeté au loin. J'ai atterri sur le dos, à demi inconscient, assourdi, les yeux inondés de sang. Au-dessus de moi, un vaisseau yirk survolait le terrain ravagé sous les acclamations rauques des Hork-Bajirs.

Une énorme patte griffue s'est abattue à quelques centimètres de moi. Des Hork-Bajirs déferlaient en horde brutale et précipitée, ignorant la minuscule créature ailée que j'étais. Ils tiraient avec leurs lance-rayons Dracon, en poussant des cris de triomphe.

Je n'entendais aucune riposte des atomisateurs andalites. Les troupes yirks avançaient. Le front andalite était percé.

< Prince Jake ! Tobias ! > ai-je appelé.

< Envolez-vous ! nous a tous ordonné prince Jake en criant. Tous ceux qui peuvent encore voler, grimpez dans le ciel ! Grimpez ! >

Pouvais-je encore voler ? Oui. J'ai décollé du sol à l'instant où la première vague de Taxxons déferlait.

Les Taxxons sont d'énormes vers très longs. Comme des mille-pattes terrestres, juste beaucoup beaucoup plus gros. Les Taxxons vivent dans un état de faim perpétuelle. Une faim désespérée. Ils mangeraient n'importe quoi, mort ou vif. Même leurs propres frères, s'ils sont blessés et sans défense.

Je suis passé précipitamment au ras d'une gueule de Taxxon béante, à l'affût de nourriture. J'ai aperçu une camarade chauve-souris, à une cinquantaine de centimètres au-dessus de moi. Je la voyais très nettement. Et puis soudain, en une fraction de seconde, elle a disparu. Bel et bien disparu.

< Où est Tobias ? > s'est exclamée Rachel.

< Tobias ! ai-je crié. Il a… il a disparu ! >

< Comment ça, disparu ? > a demandé prince Jake.

< Je l'ai vu. J'étais en train de le regarder. Et il a disparu sous mes yeux. >

Maintenant, à six mètres d'altitude, j'avais une meilleure vision du champ de bataille. Le rang de Hork-Bajirs était déjà loin devant nous. Les Taxxons ondulaient dans la pénombre.

S'il y avait eu des Andalites dans les parages, ils avaient été décimés. Mentalement, j'ai revu l'écran de l'*Ascalin*, avec la carte tactique. J'ai pu situer notre emplacement actuel ainsi que celui où les troupes avaient été déployées.

< Nous avons perdu, ai-je murmuré, sans savoir si quelqu'un m'entendait. Nous avons perdu. >

Comme pour confirmer ce sombre constat, les flammes des réacteurs d'une douzaine de vaisseaux andalites ont illuminé le ciel, au loin. Ils décollaient de la planète Leira. Ils s'enfuyaient pour sauver leurs vies.

CHAPITRE
19

De retour dans nos corps respectifs, nous étions rassemblés au milieu des restes pestilentiels laissés par les Taxxons. Nous n'avions pas retrouvé Tobias.

Rachel passait sans cesse des cris aux larmes. Marco était assis en silence. Cassie retenait prince Jake, qui n'arrêtait pas de se lever pour faire les cent pas en grommelant à mi-voix, en se demandant ce qu'il aurait dû faire, ce qu'il aurait pu faire.

Je me tenais à l'écart. Je ne pouvais m'empêcher de penser que c'était de ma faute. J'étais humilié. J'avais honte. Je m'étais détourné de mes amis pour faire confiance aux gens de mon peuple. L'un des miens nous avait alors trahis. Et les autres... eh bien les autres s'étaient sans doute battus courageusement. Mais ils avaient perdu.

C'était exactement comme la guerre des Hork-

Bajirs. A nouveau, nous avions perdu, et nous condamnions une autre race à devenir l'esclave des Yirks.

Et quelle race ! Les Leirans sont des amphibiens. Ils peuvent se mouvoir dans l'eau comme sur terre, bien qu'ils construisent leurs villes sous l'eau. Mais ce qu'il y avait de terrifiant, c'est que les Leirans disposent de pouvoirs parapsychiques, limités certes, mais ô combien redoutables.

Des Leirans-Contrôleurs pourraient voir au travers des animorphes, dans l'esprit de la personne. Il serait impossible de les tromper longtemps. Et si jamais des Leirans-Contrôleurs étaient amenés sur Terre, ils auraient vite fait de dévoiler le secret des Animorphs.

Non pas que les Animorphs aient de grandes chances de jamais revoir la Terre.

Cassie m'a tiré de mes sombres pensées. A mi-voix, elle m'a dit :

— Ax, je ne crois pas que Jake ait envie de te le demander une seconde fois, mais à ton avis, que devrions-nous faire ?

< Je ne sais pas. Nous avons perdu. Nous sommes sur une planète étrangère qui tombera bientôt sous la domination yirk. Nous n'avons pas pu

sauver les Leirans comme jadis les Hork-Bajirs. Comme maintenant les humains. >

Derrière Cassie, j'apercevais les vaisseaux yirks qui atterrissaient pour débarquer des troupes de plus en plus nombreuses sur le continent. Bientôt, il serait transformé en une imprenable garnison ennemie.

– Parle-moi des Leirans, a repris Cassie.

J'ai haussé les épaules.

< Je n'en sais pas beaucoup plus que toi. Ce sont des amphibiens. Ils vivent principalement dans les océans. A l'origine, je crois qu'ils venaient sur la terre ferme pour pondre leurs œufs. Maintenant, leur technologie leur permet de le faire sans quitter leurs villes sous-marines. >

– Alors pourquoi s'intéressent-ils à ce qui se passe sur la terre ferme ?

< A priori, ça ne les intéresse pas. Sauf que les Yirks peuvent se servir du continent comme d'une base d'où lancer des attaques contre les villes sous-marines. En dehors de ça, je ne pense pas que les Leirans en auraient… quoi que ce soit à faire… si… >

J'ai retenu mon souffle. Mais oui ! Bien sûr ! Bien sûr, ce devait être cela, le plan de Galuit.

– Quoi ? Qu'est-ce qu'il y a ? m'a demandé Cassie d'un ton brusque.

< Prince Jake ! >

– Ouais ?

< Nous devons gagner l'océan. Si j'ai raison, nous trouverons des Andalites dans les villes leiranes. De toute façon, nous devons rejoindre la mer le plus vite possible ! >

– Pourquoi ?

J'ai hésité.

< Prince Jake... Jake... Tu dois me faire confiance. Nous ne pouvons pas rester sur le continent. Il faut que nous rejoignions l'océan. >

Prince Jake m'a regardé longuement.

– D'accord, a-t-il fini par accepter. Je te fais confiance.

< Autre chose, ai-je ajouté. Si jamais tu vois que les Yirks risquent de nous capturer, si tu vois qu'ils vont m'attraper vivant, ne les laisse pas faire. Tu devras me détruire toi-même plutôt que les laisser me prendre vivant. Promets-le-moi. >

– Quoi ? Pourquoi ?

< Parce que je crois avoir compris ce qui va se passer. Et si j'ai raison, cette défaite deviendra la plus grande victoire de l'histoire andalite. Et cette information ne doit pas tomber dans les mains des Yirks. A aucun prix. Aucun. >

CHAPITRE
20

Le continent était petit, mais cela nous a quand même pris tout le reste de la nuit pour atteindre le rivage. Nous avions morphosé en oiseaux et nous volions. Chaque fois que nous approchions de la limite des deux heures, nous faisions une halte pour nous reposer. Je me demandais sans cesse s'il nous restait assez de temps.

Nous avons survolé des scènes de désolation : des corps calcinés, des vaisseaux de combat yirks et andalites écrasés au sol...

Alors que le soleil se levait sur Leira, j'ai baissé les yeux et aperçu un vaisseau d'attaque air-sol andalite encore fumant, encastré dans un vaisseau yirk. La collision avait été si violente qu'il était impossible de distinguer où commençaient les débris de l'un, et où finissaient ceux de l'autre.

Et puis, enfin, la mer a surgi devant nous. Elle s'étendait à perte de vue, d'un bleu scintillant, infiniment plus brillante et colorée que les océans de la Terre, qui sont en général gris.

J'ai cherché du regard un point de repère. Un relief de la côte qui me paraîtrait familier, en utilisant le souvenir flou que j'avais des cartes holographiques. Mais en bordure de la côte, je ne voyais que des kilomètres et des kilomètres d'eau boueuse, envahie de roseaux, de joncs et d'étranges arbres jaunes, qui s'étalaient à l'horizontale.

< Il est grand, cet océan, a commenté Rachel. Comment allons-nous faire pour... >

< Pour quoi ? > a demandé prince Jake.

Il nous a fallu plusieurs secondes pour comprendre, pour réaliser.

Rachel avait disparu !

< Rachel ! a crié Cassie. Rachel ! >

Nous avons scruté le ciel. Rien. Même nos yeux d'oiseaux de proie ne trouvaient rien. Pas le moindre indice. Aucune trace de Rachel. Rien de rien.

< Que se passe-t-il ? a grogné Marco, qui était en colère car il avait peur. Elle était là ! Elle était en train de parler ! >

< Ax, que se passe-t-il ? a voulu savoir prince Jake. D'abord Tobias, et maintenant Rachel ! >

< Je ne sais pas. Je ne sais pas. >

< Peut-être que quelqu'un lui a tiré dessus depuis le sol, a gémi Cassie. Oh, mon Dieu, Rachel ! Rachel ! >

< Il n'y a eu aucun éclair de rayons Dracon, ai-je répondu. Rien. Elle était là et, tout d'un coup, elle a disparu. >

< C'est peut-être quelqu'un ou quelque chose depuis le sol, a repris prince Jake. Nous devons partir d'ici. Plongez ! >

Nous avons piqué. Je savais que personne ne nous avait tiré dessus, mais je plongeais vers l'océan aussi vite que les humains. J'ignorais ce qui faisait disparaître mes amis, mais j'avais peur. Quelle que soit cette créature, je ne voulais pas être sa prochaine victime.

Ailes repliées, nous tombions en flèche.

Plouf !

Je me suis enfoncé dans l'eau tiède. Aussitôt, j'ai commencé à démorphoser. Je suis remonté à la surface, déjà plus andalite que busard cendré. Mes plumes étaient gorgées d'eau, mais elles disparaissaient. J'ai inspiré par un vilain trou qui était à moitié un bec et à moitié un nez andalite.

141

Je me suis enfoncé de nouveau dans l'eau et j'ai fini de démorphoser. En remontant à la surface, j'ai vu prince Jake, Cassie et Marco qui pataugeaient en finissant eux aussi leur transformation.

— Animorphes de dauphin ! a ordonné prince Jake. Ax, tu vas devoir prendre ton animorphe de requin-tigre.

— Attends, non ! s'est exclamée Cassie. Nous ne savons pas quels animaux nous allons trouver dans cet océan, mais les Yirks voulaient y semer la terreur en requins-marteaux, n'est-ce pas ? C'est pour cela qu'ils voulaient créer des requins-Contrôleurs, pour combattre dans cet océan. Nous devrions tous morphoser en requins.

— Ouais. Bien vu, a admis prince Jake. C'est d'accord. Tout le monde en requins. Et on se surveille les uns les autres. Nous avons déjà perdu deux personnes. Nous ne voulons pas en perdre une troisième !

« Requin », ai-je pensé, et j'ai commencé à me transformer.

Il faut que je vous explique ce que sont ces créatures que les humains nomment requins. Ce sont des poissons. Ils respirent en puisant l'oxygène dans l'eau, au moyen de membranes qui s'appellent des ouïes.

Certains requins sont d'aimables et pacifiques mangeurs de plancton. D'autres sont petits et ne se nourrissent que de poissons de taille inférieure.

Mais il y a certains types de requins que les humains appellent des « mangeurs d'hommes ». Ces requins-là sont des machines à tuer aquatiques. S'il était possible d'imaginer que le Yirk dispose naturellement d'un corps qui lui serait propre, d'un corps qui corresponde parfaitement à sa nature nocive et impitoyable, eh bien ce serait un corps de requin.

Le requin a d'énormes et puissantes mâchoires, garnies de dents effilées et tranchantes. Sa peau est littéralement couverte de millions de dents minuscules. Une peau dont le contact peut arracher la peau humaine. Et tous les sens du requin sont concentrés sur un objectif unique : trouver la proie. La trouver et la tuer.

Une vision excellente. Un odorat capable de déceler quelques molécules de sang diluées dans un milliard de litres d'eau de mer. Un capteur sensoriel qui perçoit l'énergie des autres créatures vivantes.

Si un savant avait entrepris de concevoir le prédateur marin le plus redoutable, l'arme biologique sous-marine la plus sophistiquée, et qu'il ait abouti au requin-marteau, il aurait de quoi être fier.

Je me suis senti morphoser. J'ai senti la nageoire dorsale jaillir de ma colonne vertébrale, tranchante comme une lame de faux. Senti ma lame caudale se diviser en deux pour constituer la queue en forme de flèche et capable d'entailler la peau. Senti mes tentacules oculaires basculer sur les côtés pour laisser émerger la hideuse tête en forme de marteau. Senti les nouveaux sens s'animer dans mon cerveau. Senti les dents, les rangées de dents triangulaires et pointues, qui déchirent la chair et broient les os.

Et j'ai senti l'esprit clair, froid et brutal du requin s'associer au mien.

D'un coup de queue, je me suis déplacé dans l'eau. Jake, Cassie et Marco nageaient à mes côtés. J'imagine que comme moi, ils se sentaient puissants en ce moment. Et ils se seraient sentis encore plus puissants s'il n'y avait cette terrible réalité : nous aurions dû être six.

Mais seuls quatre requins se sont élancés vers le large, dans l'océan de Leira.

CHAPITRE

21

< **S**i seulement Rachel et Tobias pouvaient voir ça... a soupiré Cassie, d'une voix où se mêlaient l'amertume et l'émerveillement. Rien de commun avec nos océans. >

Elle avait raison. Le continent était peut-être morne et sans intérêt, mais cet océan était stupéfiant. Les mers terrestres abritent de nombreuses créatures fascinantes et merveilleuses mais, lorsqu'on nage, on voit surtout des eaux troubles et un fond sablonneux.

Dans cet océan, l'eau était aussi claire que l'air. Plus claire, en fait que l'air leiran, qui est tellement chargé d'humidité qu'on a parfois l'impression de respirer des nuages.

L'eau était parfaitement limpide. Nous nagions par une profondeur de douze mètres, et nous pouvions apercevoir le moindre détail du sol marin.

Et quels détails ! D'immenses créatures gonflées comme des voiles, jaune et blanc, triangulaires, avec des propulseurs biologiques. Des vers, ou plutôt des serpents, brillants et bleu électrique, longs d'une vingtaine de mètres chacun, qui nageaient en bancs désordonnés. Une étrange créature qui faisait le yoyo entre l'air et l'eau en soufflant de l'air dans une poche presque transparente. Un merveilleux poisson en forme de vis, qui se déplaçait en pivotant sur lui-même.

Et ces créatures n'étaient pas dispersées çà et là ; il y en avait partout. L'océan leiran était une jungle foisonnante de formes vivantes.

Le fond marin était hérissé de cheminées bouillonnantes, en roche et en terre, couvertes de créatures grouillantes de différentes tailles. Mes sens de requin sentaient l'énergie électrique qui se dégageait de ces cheminées, ainsi que la chaleur intense.

J'ai remarqué soudain un grand banc de vers bleus et brillants qui tournaient autour d'une des cheminées. Tandis qu'ils décrivaient des cercles, mes sens de requin ont senti l'énergie que leur transmettait la cheminée.

< Regardez ça ! s'est écriée Cassie, l'excitation

l'emportant sur la tristesse. Il y aurait de quoi faire le bonheur d'un millier de spécialistes des océans pendant un siècle, rien qu'en cet endroit. Les animaux, les plantes, les... les je ne sais pas quoi ! Ma mère a une amie qui étudie l'écologie des récifs coralliens, je suis sûre qu'elle donnerait n'importe quoi pour passer une heure ici ! >

< Les créatures se nourrissent de l'énergie géothermique et de la charge électrique de ces cheminées, ai-je expliqué. C'est peut-être un environnement sans prédateurs. >

< Il y a des prédateurs, a répliqué Marco. Les Yirks sont là. Et nous aussi, nous sommes là. Pour le moment. Jusqu'à ce que nous disparaissions, pfuitt ! comme Rachel et Tobias. >

Voilà qui nous a tous ramenés à la réalité. Et pourtant, malgré la peur, malgré la tristesse et même le désespoir, nous ne pouvions pas ignorer le paysage incroyable, fantastique, qui nous entourait.

Nous glissions, sombres et meurtriers, dans les eaux d'une mer pacifique. Les Yirks avaient été malins de penser aux requins pour contrôler cet océan. J'avais beau regarder autour de moi, nulle part je ne voyais de dents effilées ni de mâchoires puissantes.

Marco avait raison. Il y avait des prédateurs, ici. Mais c'étaient nous.

Et puis...

< Hé, ce ne sont pas des Leirans ? a demandé prince Jake. En bas, vers la gauche. >

J'ai regardé. Oui, ils ressemblaient bien au Leiran que nous avions vu sur Terre, en compagnie de Vysserk Un.

Ils étaient presque entièrement jaunâtres. Ils avaient la peau visqueuse, comme si elle était recouverte de vase, mais en même temps d'une texture rugueuse, granuleuse. De grosses pattes arrière palmées. En guise de bras, quatre tentacules disposés autour d'un corps dodu, en forme de barrique.

Ils avaient d'assez grosses têtes, avec une bosse à l'arrière. Posée directement sur les épaules : ils n'avaient pas de cou. Leur visage gonflé semblait se composer uniquement de deux éléments. Une bouche énorme et large, presque ridicule. Et des yeux, grands et protubérants, qui donnaient l'impression d'être éclairés de l'intérieur. Il y avait en tout quatre Leirans. Ils naviguaient sur des jets marins : de longs tubes étroits, évasés à l'avant et en forme d'aile à l'arrière, pour une plus grande maniabilité. Sur toute la bordure de l'aile arrière s'alignaient des grappes de très fins tuyaux qui pointaient vers l'extérieur.

Il était clair qu'ils nous avaient repérés et venaient à notre rencontre.

< Ils se demandent sans doute ce que nous sommes, a supposé Cassie d'un ton prudent. Ils n'ont jamais vu de requins. >

< Ce sont les bons, eux, n'est-ce pas ? a demandé Marco. Je veux dire, ce sont eux, les gars que tout le monde essaie de protéger des Yirks. >

< Oui. Nous devrions peut-être entrer en contact avec eux. Ils pourraient nous indiquer la ville leirane la plus proche. >

< Vas-y >, m'a encouragé prince Jake.

< Leirans ! ai-je crié. Leirans ! Je suis un Andalite en animorphe. >

Pffiitt !

Le harpon a fendu l'eau à peine un peu moins vite qu'une balle de pistolet humain. J'ai fait un écart sur la gauche. Le harpon a transpercé ma queue et poursuivi sa trajectoire.

< Hé ! > a hurlé Marco.

< Je suis un Andalite ! Un Andalite ! ai-je crié de nouveau. Votre ami ! Votre allié ! >

< Aximili-Esgarrouth-Isthil et trois humains de la planète Terre. Pas nos alliés à nous >, a prononcé une voix mentale sur un ton glacial.

Il a ri.

< Vous n'avez aucun secret pour ces esprits leirans. >

Brusquement, l'eau s'est mise à bouillonner, transpercée par une douzaine de harpons.

Pffiitt ! Pffiitt !

Cette fois-ci, nous étions mieux préparés. Mais pas assez rapides, néanmoins. Un harpon s'est planté dans mon flanc. Prince Jake est parvenu à les esquiver tous, mais Cassie s'est fait harponner de part en part. Marco a été touché deux fois. Des filets de sang de requin troublaient l'eau.

Les Leirans-Contrôleurs ricanaient.

< Meurs, Andalite ! Mourez, humains ! Nous porterons vos corps à Vysserk Quatre. >

< Super, cette guerre ! On ne sait pas qui est de quel côté ! a protesté Marco. C'est le Vietnam, ou quoi ? >

Trois d'entre nous avions été touchés, mais personne n'était mort. Les harpons étaient rapides, mais très fins. C'étaient certainement des armes meurtrières pour les Leirans et les autres créatures de cette mer pacifique. Mais nous, ils nous avaient à peine blessés. Rien de grave.

< Je crois que nous ne sommes pas encore morts, voyez-vous >, ai-je annoncé aux Leirans-Contrôleurs.

Ils ont écarquillé leurs grands yeux verts.

< Mais… les harpons haru-chin sont des armes mortelles ! > a bredouillé l'un d'eux.

< Non… Ici, peut-être, est intervenu prince Jake. Mais nous venons d'un monde autrement plus dangereux. >

< Vous croyez que c'est vrai, ce qu'on raconte sur les grenouilles ? a demandé Marco. Vous croyez que c'est vrai qu'elles ont un goût de poulet ? >

CHAPITRE
22

Nous nous sommes élancés vers les Leirans-Contrôleurs. Les requins sont très forts en vitesse de pointe. Trop forts pour que les Yirks en état de choc, à l'intérieur des Leirans, aient le temps de réagir.

Ils ont voulu faire demi-tour. Ils étaient encore en train de manœuvrer leurs jets marins quand ils se sont fait attaquer par quatre personnes en colère, contrariées et effrayées, en animorphes de requins.

Les Andalites connaissent bien le combat au corps à corps. Mais il y a quelque chose de très intime, d'une violence très intime, à attaquer avec une bouche. Cela vous oblige à venir très près de votre ennemi. Vous le sentez et vous le touchez. Nous avons attaqué, la gueule ouverte. Nous avons attaqué et, une fraction de seconde plus tard, les quatre Leirans-Contrôleurs sautaient de leurs jets et tentaient de s'enfuir à la nage.

Ils poussaient sur leurs grosses pattes arrière, mais ils étaient trop lents. Avec leurs pouvoirs psychiques, ils devaient sentir notre colère. Ce devait être terrible, pour eux. Ce devait être terrifiant.

Mais cela m'était égal.

Jusqu'au moment où une très forte vision psychique m'a ébranlé… Une vision qui hurlait avec désespoir, avec douleur et, malgré tout, avec un dernier soupçon d'espérance.

Un des Leirans était arrivé à faire passer cette supplication. Le Yirk dans sa tête était trop occupé à tenter de se maintenir en vie, et il en avait profité pour émettre cette vision.

L'image apparue dans ma tête était horrible. Mais je savais qu'elle était réelle.

< Prince Jake ! Il faut leur mordre la tête ! Arrache-leur le gros lobe à l'arrière ! >

< Quoi ? s'est exclamée Cassie. Ils sont déjà battus, je ne vais pas les tuer. >

Je me suis élancé vers le Leiran-Contrôleur le plus proche de moi. Le Yirk dans sa tête savait ce que je faisais mais, lorsqu'il a effectué un écart sur le côté, j'ai assommé le Leiran d'un coup de queue.

J'ai ouvert grand la gueule et refermé avec force

mes mâchoires sur le lobe qu'il avait à l'arrière de la tête.

Le plus choquant de tout cela, ce fut de voir le Yirk. Délogé du cerveau du Leiran, il se tortillait avec impuissance dans l'eau de mer.

< Les Yirks sont placés dans le lobe arrière de leur cerveau, ai-je expliqué. Arrachez-les ! >

< Ça va tuer les Leirans ! > a protesté Cassie.

— Non, a dit une voix inconnue. Cela nous libérera !

Nous étions quatre contre les trois derniers Leirans-Contrôleurs. Ce fut un travail rapide et brutal. Quatre Yirks gigotaient, condamnés à périr dans l'eau de mer.

— Merci ! ont dit les Leirans.

Ce n'était pas une parole mentale normale, c'était bien davantage. Des images, des idées qui surgissaient dans nos esprits, et que nous traduisions ensuite en mots.

< Vous avez besoin de soins médicaux, est intervenue Cassie. Je pourrais peut-être démorphoser et... >

— Non, ça ira. Nous pouvons régénérer la plupart des parties de notre corps. Cela va nous prendre du temps et nous serons faibles, mais il y a près d'ici des grottes où nous pourrons nous reposer en toute sécurité. Merci ! Merci !

J'ai vécu des événements étranges. Mais quatre Leirans jaunâtres, la moitié du cerveau à l'air, qui nous remerciaient avec chaleur, c'était vraiment l'un des plus étranges.

< Nous avons besoin de gagner la ville leirane la plus proche, a fait prince Jake. Par où se trouve-t-elle ? >

– Cela va être très difficile. Ces derniers mois, les Yirks ont capturé beaucoup d'entre nous et les ont forcés à devenir des Contrôleurs. Entre ici et la cité des Vers, il y en a beaucoup comme nous. Vous êtes puissants, mais il suffirait qu'un Leiran-Contrôleur vous croise et en réchappe pour que votre secret soit dévoilé.

< Alors comment allons-nous y aller ? > s'est demandé prince Jake.

< En morphosant en Leirans >, ai-je suggéré.

– Oui ! se sont-ils exclamés. Oui, morphosez-nous. Et prenez nos jets marins. Du moment que vous évitez les autres Leirans, vous serez à l'abri des sondages psychiques.

< Nous n'aimons pas… >, a commencé Cassie.

– Oui, l'a interrompue un des Leirans, lisant dans ses pensées. Vous n'aimez pas morphoser en créatures douées de conscience. Vous respectez notre

155

liberté. Mais nous vous le proposons de notre plein gré. Nous avons lu dans l'esprit d'Aximili l'Andalite. Nous savons ce qu'il craint, et nous savons que, même parmi les Andalites, il y a des traîtres. Alors, mes amis, prenez notre ADN et aidez à libérer notre peuple des Yirks.

Nous sommes remontés à la surface. J'ai démorphosé. Mes amis humains aussi. Nous nous sommes maintenus la tête hors de l'eau en agitant les jambes, doucement ballottés par les vagues. Le soleil leiran, encore bas à l'horizon, se levait à peine. Tout autour de nous, la mer était dorée.

J'ai tendu le bras et posé la main sur la peau jaune et visqueuse d'un Leiran.

– Là où le ciel rencontre la mer, Andalites, humains et Leirans sont réunis en alliés, a déclaré mon Leiran. Chacun avec ses faiblesses. Chacun avec ses forces.

Cela m'a ému, aussi ridicule que cela ait pu paraître vu de l'extérieur. Des humains et un Andalite pédalant dans l'eau, aux côtés de grosses « grenouilles télé-pathes », comme les appelait Marco. Trois espèces dans un monde conquis par les Yirks. Si un Yirk avait pu nous voir, il nous aurait sûrement trouvés pitoyables.

< Un officier andalite m'a dit que nous étions faibles parce que nous étions unis, mais que nous ne parlions pas d'une seule et même voix, ai-je dit. Mais cette union ne me paraît pas si faible. >

< Quand des êtres libres s'unissent pour défendre la liberté, ils ne sont jamais faibles. >

C'est Marco qui avait ajouté cela. Peut-être comprenez-vous pourquoi, malgré toute leur bizarrerie, j'aime les humains. Et les Leirans commençaient à bien me plaire, eux aussi.

Nous les avons laissés partir de leur côté, vers les grottes sous-marines où ils allaient se remettre de leurs blessures.

Et nous avons commencé l'animorphe peut-être la plus étrange que nous ayons jamais connue. L'aspect physique était bizarre, certes, mais somme toute pas plus que chez beaucoup de créatures terrestres que j'ai morphosées. Les puissantes pattes palmées, les quatre tentacules sinueux et la tête sans cou étaient presque ordinaires, comparés à un corps de mouche ou de cafard.

C'est le nouveau sens qui était bouleversant : le sens psychique. Non seulement je pouvais lire toutes les pensées qui traversaient l'esprit de prince

Jake, de Cassie et de Marco. Mais en plus, je percevais assez nettement leurs secrets pour en être gêné pour eux. Et, bien sûr, pour moi-même. Car mes propres secrets, mes petites pensées futiles et mes prétentions leur étaient pareillement dévoilés.

Je voyais avec une telle évidence que Marco espérait avoir des nouvelles de sa mère, Vysserk Un. Il se demandait si elle était ici, sur Leira, et si elle avait survécu à notre dernier affrontement.

Je voyais et je sentais le poids de la responsabilité qui écrasait prince Jake. Comment il retournait sans arrêt les derniers événements dans son esprit, s'efforçait de comprendre ce qui avait pu arriver à Tobias et à Rachel. Avec quelle inquiétude il cherchait à protéger le reste d'entre nous.

Et je sentais le chagrin de Cassie, qui pleurait mentalement pour Rachel et Tobias. Qui se demandait si ce que nous faisions était juste. Qui essayait de surmonter le choc des moments violents que nous venions de vivre.

< Bon, a fait Marco, mal à l'aise. Je voudrais juste vous dire que quelles que soient les pensées que vous lisez dans mon esprit, elles sont toutes complètement fabriquées. Complètement irréelles. >

< Pareil pour moi, a vite ajouté prince Jake. Exactement pareil. >

< Hé, a dit Cassie. Ce ne sont que des animorphes, pour nous, n'est-ce pas ? Très souvent, nous avons du mal à contrôler le cerveau de l'animal. Mais en général, nous y arrivons. Alors peut-être… >

< Peut-être que si ce ne sont que des animorphes, nous pourrions débrancher, en quelque sorte, le sens psychique ! > s'est exclamé Marco, qui semblait ravi à cette idée.

C'est ce que j'ai fait, et leurs esprits ne m'ont plus été accessibles. Pareil pour eux.

Je me suis senti bien seul, tout d'un coup, quand nous avons attrapé les jets marins et que nous sommes partis en naviguant sur la mer scintillante. Bien seul, tout d'un coup.

Mais je crois que chaque espèce se sent le plus à l'aise dans ce qui correspond à sa nature. Et pour les humains et les Andalites, les secrets, les mensonges et la solitude de l'intimité sont des choses naturelles.

CHAPITRE
23

Nous sommes passés entre des Leirans assez espacés les uns des autres, qui entouraient les limites extérieures de la cité des Vers. Personne ne nous a interpellés. Nous circulions sur des jets marins de fabrication yirk, et nous nous tenions toujours suffisamment à distance pour que personne ne puisse lire dans nos pensées.

La ville leirane se dressait sur le fond marin comme une tour merveilleuse. Large de peut-être trois cents mètres à sa base, elle rétrécissait pour n'avoir plus que trois mètres de diamètre à son sommet qui effleurait le plafond d'eau scintillante. Il était équipé d'énormes ventilateurs qui aspiraient de l'air et évacuaient les gaz usés de la ville tout entière.

La ville elle-même, dans sa conception, allait à l'encontre de toute logique, du moins d'après les critères andalites ou humains. Les Andalites et les humains ont coutume de se déplacer dans deux dimensions, sur la gauche et la droite, vers l'avant et l'arrière. Mais dans l'eau, la verticale et l'horizontale étaient tout aussi plausibles que la droite et la gauche.

< On dirait un cône géant, avec des millions de trous, a observé Cassie. Regardez ! Il y a des portes partout. Des portes et des portes-fenêtres. >

La couleur dominante était le rose, mais il y avait aussi du bleu, du vert et du violet, de grandes taches de couleurs qui semblaient choisies au hasard. Partout, des ouvertures. Les Leirans allaient et venaient par ces ouvertures, à n'importe quelle hauteur : à trente mètres, à six mètres, partout.

Et, semblables à une tornade au ralenti, les longs vers bleu électrique ondoyaient tout autour de la cité. Ils formaient une auréole troublante.

Même pour les étrangers que nous étions, la tension qui régnait dans la ville était palpable. Des armes pointaient au rebord de nombreuses fenêtres. Et, nichés au pied de la ville, flottaient deux vaisseaux que je n'avais jusqu'alors vus qu'en photo : des sous-marins andalites.

< Ce sont des bons ou des méchants ? > a demandé prince Jake en regardant les sous-marins.

< Un peu des deux, peut-être ? > a lancé sèchement Marco.

< Ce sont des vaisseaux andalites >, ai-je répondu.

< Allons dire bonjour >, a proposé prince Jake.

Nous avons nagé vers les sous-marins. En approchant, nous avons vu qu'un tunnel transparent les reliait à la ville.

Des guerriers andalites le parcouraient au pas de course, la queue dressée, prêts à frapper.

Nous avons plongé vers le fond, absorbant l'oxygène de l'eau par notre peau de Leiran. Nous plongions, redoutant de nous faire interpeller d'une seconde à l'autre, voire tirer dessus. Mais nous avons croisé plusieurs dizaines de Leirans sans qu'aucun ne fasse rien pour nous arrêter.

< C'est le truc télépathique, a expliqué Cassie. Ils savent qui nous sommes et ce que nous venons faire. >

< Alors je suppose qu'ils savent aussi qui nous cherchons >, a ajouté prince Jake.

A ma grande surprise, une réponse nous est alors parvenue. Elle avait la forme d'une vision qui s'est matérialisée dans mon esprit : une sorte de flèche indiquant une porte par laquelle nous devions entrer.

< Booon... a fait Marco. Eh bien, suivons les cailloux du Petit Poucet... >

Nous sommes entrés dans la ville par une des milliers de fenêtres. Je ne sais pas ce que je m'attendais à trouver, mais certainement pas cela. La tour n'était qu'une enveloppe. A l'intérieur flottaient sept ou huit énormes bulles transparentes, peut-être même davantage. Chaque bulle avait plusieurs niveaux, en général une douzaine d'étages. A la base, elles étaient toutes percées d'un grand trou. Certaines semblaient remplies d'eau ; les autres contenaient de l'air. Dans toutes, des Leirans travaillaient, dormaient, vivaient. Et dans une des bulles pleines d'air, une douzaine d'Andalites occupaient un étage.

Nous sommes entrés par le trou du fond, pour déboucher enfin dans une salle dotée d'un sol ferme. Deux guerriers andalites attendaient.

< Démorphosez, nous a ordonné l'un d'eux. Les Leirans nous ont dit qui vous étiez. Le commandant Galuit vous attend. >

< Si j'ai bien compris, l'amabilité, c'est une notion qui ne fait pas partie de l'univers andalite ? > m'a fait remarquer Marco.

Nous avons démorphosé. J'étais soulagé de retrouver mon corps d'Andalite. Mais j'étais inquiet. Tendu. J'avais donné ma parole à prince Jake que lui, et lui seul désormais, déciderait à qui je devais obéir. Cette promesse m'avait semblé facile à faire. Mais maintenant, nous allions rencontrer Galuit ! A l'idée de lui dire non… j'en avais l'estomac noué.

Nous nous sommes précipités vers la pièce où Galuit nous attendait. Sauf qu'il ne nous attendait pas : il accourait à notre rencontre. Il était flanqué de trois gardes andalites à la mine patibulaire et de son aide de camp, un Andalite qui avait perdu un tentacule oculaire et la moitié du visage au combat.

< Aristh Aximili >, a dit Galuit sans se donner la peine de se présenter.

< Oui, commandant, je… >

< Pas le temps. >

Il m'a interrompu avec un geste brusque de la main.

< J'appartiens aux cercles supérieurs, alors je sais tout de tes équipées sur Terre. Les tiennes et celles d'Elfangor. Très déçu par Elfangor. Pourtant, par la galaxie, ton frère savait se battre ! Je ne sais pas comment tu as fait pour te retrouver ici avec tes humains, mais c'est un coup de chance ! J'ai besoin de toi. >

J'étais complètement abasourdi. Déjà, le simple fait que Galuit connaisse mon nom était incroyable. C'était comme si un adolescent humain recevait un coup de téléphone du chef d'état-major des armées nationales.

En plus, Galuit avait besoin de moi. Besoin ? De moi ?

< Commandant, puis-je vous présenter cet humain du nom de Jake ? >

< J'ai dit que j'avais besoin de toi. Maintenant, mets-toi au garde-à-vous et écoute ce que… >

< Commandant, je vous présente Jake. Mon prince. >

Galuit s'est tu tout net. Les gardes ont tous dévisagé prince Jake avec incrédulité. Puis Cassie et Marco, comme s'ils pouvaient fournir une explication.

< Tous les guerriers doivent avoir un prince, et les princes doivent obéir au peuple >, ai-je repris.

Galuit a paru envisager sérieusement de m'asséner un coup de queue. Mais ensuite, il a hoché la tête avec raideur.

< C'est exact, aristh. Nul n'a force de loi pour soi-même. Nous devons tous servir. >

Galuit s'est tourné vers prince Jake.

< J'ai besoin de toi pour sauver cette planète des Yirks. Acceptes-tu de… >

— Oui, a affirmé prince Jake.

< Tu dis oui sans même savoir ce que je vais te demander. >

— Cela sauvera-t-il les Leirans ? Cela préservera-t-il leur liberté ? Et, surtout, cela fera-t-il du tort aux Yirks ?

< Oui aux trois questions. Surtout à la dernière. Si nous sauvons Leira, ce sera un tournant dans la guerre contre les Yirks. >

— Alors nous ferons ce que tu demandes.

Galuit a paru surpris. Peut-être même impressionné. Dans un aparté mental, il m'a dit :

< J'ai connu pire prince que celui-ci. >

CHAPITRE
24

Galuit a expliqué ce dont il avait besoin, et pourquoi.

C'était exactement ce que j'avais soupçonné. La raison pour laquelle nous devions fuir la terre ferme et gagner la mer. La raison pour laquelle je ne pouvais pas courir le risque de me faire capturer par les Yirks : tout cela était un piège.

Un piège pour les Yirks.

< Nous savions que les Yirks allaient déclencher le combat sur le continent, a dit Galuit. Et nous estimions que nous avions de grands risques de perdre cette bataille. Alors nous avons prévu un plan de secours. Nous avons placé une série de bombes à quanta tout autour du continent. Notre plan était d'attendre que les Yirks aient amené toutes leurs troupes sur le continent pour faire exploser les bombes. >

J'ai hoché la tête.

< Oui, je m'en étais douté. >

Prince Jake m'a regardé du coin de l'œil, puis il a haussé un sourcil. Ce n'était pas un regard de colère. Enfin, d'après ce que je peux comprendre des expressions humaines. Mais il contenait néanmoins une pointe de reproche.

Nous étions montés à bord d'un des sous-marins et foncions déjà à vitesse maximale vers un lieu situé au sud du continent.

< Les Leirans n'ont pas besoin du continent. Ils sont très heureux dans leurs villes sous-marines. Mais apparemment, il y a un problème pour le déclenchement des bombes. Nos troupes ont été balayées beaucoup trop vite. Avec les soldats de l'*Ascalin*, nous aurions dû tenir bien plus longtemps. Le détonateur principal n'a jamais été activé. Nous envoyons le signal de destruction depuis des heures, rien. Et les Yirks ne vont pas tarder à découvrir notre piège. C'est maintenant ou jamais. >

J'ai hésité. Devais-je dire à Galuit pourquoi nos troupes avaient été si facilement balayées ? J'ai pris une grande inspiration.

< Commandant, l'*Ascalin* n'a jamais participé à la bataille. >

Galuit a basculé ses deux tentacules oculaires vers moi.

< Que dis-tu ? >

< Le capitaine Samilin était... un traître, ai-je articulé difficilement. Il a programmé l'atterrissage du vaisseau dans une zone située derrière les rangs yirks. Lorsqu'il est devenu évident que l'*Ascalin* était perdu, l'officier tacticien Hareli a pris la décision de déclencher toutes les armes aussitôt le vaisseau posé. Personne n'a survécu. A part nous et deux de nos amis qui ont disparu. >

Galuit a ravalé sa salive. Brusquement, il a paru plus âgé. Plus fragile.

– Pourquoi nous ? lui a demandé Marco. Pourquoi avez-vous besoin que ce soit nous qui allions enclencher ce détonateur ?

< Nous avons peu d'Andalites sur la planète, actuellement. Et aucun qui possède toute la gamme d'animorphes dont vous disposez, a repris Galuit. Tous les guerriers andalites ont le pouvoir de l'animorphe. Mais très peu acquièrent des animorphes ou savent les manier. En général, cette tâche est réservée à nos espions. Aux services secrets. Mais vous quatre saurez peut-être franchir les rangs des Yirks. >

Brusquement, il a paru dérouté. Ses yeux balayaient la pièce.

< J'étais certain que vous étiez quatre. Où est l'autre humain ? >

Un main glacée m'a serré les cœurs. Prince Jake était encore là. Cassie également. Mais Marco…

– Marco ! a crié prince Jake.

– Marco ! Marco !

< Nous disparaissons un par un ! > l'ai-je prévenu.

Galuit a lancé un ordre mental qui a résonné dans tout le sous-marin.

< Officier scientifique, veuillez-vous présenter immédiatement ! >

– C'est de la folie ! s'est écriée Cassie, les yeux fiévreux. Que se passe-t-il ? Nous disparaissons un par un.

Une peur froide me nouait le ventre. J'avais de la peine pour Marco et les autres. Beaucoup de peine. Mais maintenant, j'avais surtout peur. Il ne fallait pas beaucoup d'imagination pour comprendre que nous trois qui restions, nous allions finir par disparaître également.

C'est une chose d'affronter un ennemi. Mais c'en est une tout autre d'attendre avec impuissance qu'une force invisible vous... vous supprime, purement et simplement.

Le sous-marin poursuivait sa course dans le splendide océan leiran. Mais nous n'avions pas le temps d'admirer le paysage aquatique. Prince Jake, Cassie et moi étions entourés d'Andalites. L'officier scientifique nous faisait subir un interrogatoire serré. Et dès qu'il se taisait un quart de seconde, Galuit et un officier du service de contre-espionnage nous bombardaient de questions.

C'était éreintant. Mais au moins cela me distrayait-il de l'horrible suspense... attendre... attendre... attendre qu'un autre d'entre nous disparaisse.

< Combien de temps avez-vous passé dans l'Espace-Zéro ? >

< Êtes-vous certain que le capitaine savait que le vaisseau était programmé pour se poser dans la zone yirk ? >

< Quelle était la masse de la créature que vous avez morphosée sur Terre avant d'être attirés dans l'Espace-Zéro ? >

< Le capitaine Samilin paraissait-il amer, tendu ? >

Enfin, au bout d'une heure, Galuit a mis fin à cet interrogatoire.

< Ça suffit ! Samilin était un traître. Nous devons accepter cette réalité. >

Il s'est tourné vers l'officier scientifique.

< Et vous, vous avez posé les mêmes questions cinquante fois. Avancez une hypothèse. >

< Commandant, je n'ai pas assez de… >, a commencé l'officier scientifique.

< Donnez-moi votre avis ! > a exigé Galuit.

< Je… je crois que ces humains et cet aristh sont pris dans un champ de flux résiduel. Il les attire en arrière pour les ramener vers l'Espace-Zéro. Peut-être va-t-il même les ramener jusqu'à la Terre. Mais, à mon avis, ce qui se passe est un genre d'effet d'extension. Ils ont subi un étirement pour entrer dans l'Espace-Zéro et ressortir dans l'espace normal, mais une petite quantité de leur masse est toujours sur la Terre. Elle pourrait agir comme une ancre. >

– Nous sommes sur une espèce de grand élastique zéro-spatial ? a demandé prince Jake. Il s'est étiré pendant tout ce temps, et maintenant il commence à se rétracter ?

< Oui >, a acquiescé l'officier scientifique, une fois que je lui ai expliqué ce qu'était un élastique.

– Peut-être jusqu'à la Terre… auquel cas Rachel,

Tobias et Marco sont vivants, a réfléchi Cassie. Ou peut-être juste dans l'Espace-Zéro. Dans ce cas…

< D'après les données que vous m'avez fournies, le processus semble s'accélérer, a repris l'officier scientifique. Vous partirez, un par un, et ce de plus en plus vite. Comme vos amis, vous allez tous disparaître. >

Galuit a pris la parole :

< Dans ces conditions, je ne peux pas vous demander de remplir cette mission. >

Prince Jake a haussé les épaules.

< Dans ces conditions, a-t-il répondu, nous n'avons plus rien à perdre. >

CHAPITRE
25

Un des officiers de Galuit nous a donné les détails de l'opération.

< L'unité centrale de déclenchement est bien dissimulée. Elle se trouve dans ce que les Leirans appellent un « trou brillant ». Sur Leira, le passé volcanique a laissé un certain nombre de grandes bulles souterraines dans la roche, et parce cette roche contient de nombreux minéraux et bio-organismes phosphorescents, il y a de la lumière dans ces trous, et donc de la vie. >

– Quel type de vie ? a demandé Cassie.

Même maintenant, elle s'intéressait à la vie sous toutes ses formes.

< Végétale exclusivement, en dehors de certains insectes et animaux microscopiques. Il n'y a que deux moyens d'atteindre le trou brillant que nous avons

choisi : soit depuis la surface, en forant dans la roche sur près de deux mètres. Soit en passant sous l'eau : on remonte un fleuve, puis on pénètre dans une grotte immergée, on traverse un tunnel complètement obscur et, pour finir, on débouche dans le trou brillant. >

Prince Jake a pris une grande inspiration. Cassie a pris une grande inspiration. J'ai pris une grande inspiration. Nous nous sommes regardés.

< Ce n'est pas tout, a ajouté Galuit. Il se peut que le fleuve soit surveillé par des Leirans-Contrôleurs. Par ailleurs, le tunnel sans lumière est habité par une espèce de serpents qui se servent de l'écholocalisation pour mordre tout ce qui passe à leur portée. Ils sont pendus à la voûte du tunnel. Mais, une fois dans le trou brillant, vous serez en sécurité. A moins bien sûr q e les Yirks l'aient trouvé avant vous. >

— ' il trop tard pour changer d'avis ? a dit prince Jake.

Galuit a pris l'air inquiet.

< C'est de l'humour, me suis-je empressé de lui expliquer. L'humour humain consiste souvent à faire semblant de souhaiter quelque chose qu'on ne souhaite pas vraiment. >

– Comment es-tu sûr que je ne suis pas sérieux ? a repris prince Jake.

< Encore une plaisanterie >, ai-je rassuré Galuit.

Le sous-marin nous a emmenés jusqu'à l'embouchure du fleuve. Il ne pouvait nous rapprocher davantage sans courir le risque d'être beaucoup trop visible.

– Je sais que les océans sont salés, ici, comme sur Terre, a dit Cassie, mais qu'en est-il des fleuves ?

< Les fleuves ont une salinité moindre >, a répondu l'officier chargé de notre information.

Cassie a secoué la tête.

– Les requins-marteaux sont des poissons de mer. Je ne sais pas comment ils se comportent en eau douce. Je ne sais vraiment pas. Mais c'est certainement encore la meilleure animorphe pour aller vite et gagner les combats.

< Bonne chance, nous a souhaité Galuit. La liberté de cette planète repose sur vos queues. Ou… ou sur ce que les humains peuvent bien avoir d'équivalent. >

– Les épaules, a fait Cassie.

– Du moment que ce n'est pas trop lourd, a ajouté prince Jake.

< C'est de l'humour humain ? > a demandé Galuit.

– Plus un peu de peur humaine, a avoué prince Jake.

Mais ensuite, il a ri.

Cinq minutes plus tard, nous étions dans le fleuve et nous nagions à contre-courant, fendant la surface de nos nageoires dorsales.

< Voilà qui promet d'être intéressant >, a déclaré prince Jake d'un ton lugubre.

< Je sens des Leirans, ai-je dit. Je reconnais leur odeur. >

< Oui, a acquiescé Cassie. De bons Leirans ou de mauvais ? C'est ça, le problème. >

Nous avons accéléré notre allure. A travers l'eau légèrement trouble, nous les distinguions : deux amphibiens à tentacules, jaunes et grenus.

Des amphibiens télépathes.

Dès que nous sommes parvenus à leur portée psychique, les Leirans ont su qui nous étions. Ils ont fait demi-tour et se sont mis à nager comme si leur vie en dépendait.

< Rattrapons-les ! > a crié prince Jake.

Ils fonçaient vers la berge. Tentaient de se redresser, de sortir de l'eau et de nous échapper. Ils n'avaient pas de jets marins, rien que leurs corps de Leirans.

Nous étions plus rapides qu'eux, mais la berge était

proche, de plus en plus proche ! L'eau était de moins en moins profonde. Pas plus de deux mètres. Un mètre cinquante ! Les Leirans soulevaient de la vase, mais je pouvais sentir leur flux électrique, maintenant, grâce à mes sens de requin.

Aveugle, le ventre rasant la vase, je me suis élancé.

J'ai planté mes dents. Sans lâcher prise, j'ai ramené la créature dans l'eau.

Mais alors, à travers la surface ondulée, j'ai aperçu un immense Hork-Bajir. Deux, non, quatre Hork-Bajirs ! Ils sont entrés bruyamment dans l'eau. J'ai reculé. J'essayais de faire demi-tour malgré le Leiran qui se débattait.

Soudain, je l'ai entendu lancer un cri télépathique aux Hork-Bajirs.

– Des explosifs ! Le continent est bourré d'explosifs ! Il y a une unité de déclenchement. Trou brillant. Il est dans…

J'ai mordu plus fort. La douleur a fait taire le Leiran. Une lame hork-bajir a fendu l'eau. Elle m'a blessé, mais de façon superficielle.

J'ai lâché un instant le Leiran, basculé la tête à la verticale et mordu de toutes mes forces la jambe du Hork-Bajir le plus proche. Son hurlement a résonné dans l'eau.

Le Leiran s'enfuyait. Encore à moitié aveuglé par la boue, je me suis jeté sur lui.

Les Hork-Bajirs avaient battu en retraite. J'ai entraîné le Leiran vers des eaux plus profondes.

< Non ! > a hurlé le Yirk dans sa tête.

< Oh, si >, ai-je dit.

Je suis passé derrière lui et, d'un puissant coup de mâchoires, je lui ai arraché le lobe arrière. Le Yirk est tombé dans l'eau.

< Tu vas t'en sortir, frère Leiran ? > ai-je demandé.

– Maintenant, oui. Merci, ami Andalite ! Dépêche-toi. Dépêche-toi ! Les Yirks connaissent ta mission, maintenant ! Dépêche-toi !

Je suis reparti à contre-courant. Cassie et Jake m'ont rejoint. Ils avaient livré leurs propres combats dans l'eau trouble et peu profonde de la berge.

< Combien de temps faudra-t-il aux Yirks pour trouver ce trou brillant ? > a demandé prince Jake.

< Les capteurs qu'ils ont à bord de leurs vaisseaux en orbite peuvent fournir une carte de toutes les grottes souterraines du continent en moins de cinq minutes. Mais combien de temps leur faudra-t-il pour trouver le bon trou brillant ? Je ne sais pas. Nous devons nous dépêcher. Le sort de cette planète dépend de nous. >

CHAPITRE
26

< **L**à ! Est-ce l'entrée de la grotte ? > s'est exclamée Cassie.

< Je crois. C'est dans ce secteur. Mais il pourrait y avoir des dizaines d'autres grottes. >

< Pas le temps de se poser des questions ! > a tranché prince Jake.

Nous nous sommes engouffrés dans la grotte. Le sol montait en pente régulière et nous nagions avec acharnement, à l'aveuglette, effrayés et désespérément pressés.

Brusquement, j'ai senti ma gueule pointer hors de l'eau. De l'air !

< Je crois que nous sommes arrivés, a dit prince Jake. Démorphosez ! Cassie, qu'en penses-tu ? On morphose en chauve-souris ? >

Pas de réponse.

< Cassie ! Cassie ! > a crié prince Jake.

< L'effet élastique. Elle est partie. Elle est rentrée sur Terre, ou…>

< Ça arrive de plus en plus vite, a-t-il observé. Les écarts entre les disparitions sont de plus en plus courts. Il n'y a plus que nous deux, maintenant. Et nous risquons d'être happés tous les deux avant d'arriver à ce détonateur. >

A sa voix mentale, j'ai compris qu'il ressentait la même chose que moi. L'impression de ne plus pouvoir respirer. De ne pas pouvoir empêcher son cœur de battre à se rompre. C'en était trop !

< Démorphose. Il ne nous reste plus qu'à nous dépêcher pour essayer de terminer cette mission ! >

< Oui, prince Jake. >

< Tu sais, Ax, nous ne sommes plus que tous les deux, maintenant. On pourrait peut-être laisser tomber cette histoire de prince. >

Il s'est tu un instant.

< Tu pourrais juste m'appeler « Jake anciennement connu sous le nom de prince». >

< Est-ce de l'humour ? >

< Ouais. C'est une plaisanterie. Pas terrible, mais comme Marco n'est pas là… >

A ce moment-là, il a presque achevé sa transformation en humain et perdu sa capacité de parole mentale. Quant à moi, je me suis retrouvé en Andalite, debout dans une grotte froide et plongée dans l'obscurité totale, les sabots pataugeant dans quelques centimètres d'eau.

– Chauve-souris, a dit prince Jake.

Ses sons buccaux ont résonné dans la caverne.

Je me suis concentré sur la chauve-souris. Je me suis senti rétrécir, même si je n'avais aucun point de comparaison visuelle, dans le noir. Mais j'ai presque senti un courant d'air vertical lorsque je suis tombé de ma hauteur à celle du petit corps de la chauve-souris.

< Rien que toi et moi, Ax, maintenant. >

< Oui. >

< Si l'un de nous deux, pour une raison ou pour une autre, est arrêté, l'autre doit continuer. C'est clair ? >

Nous avons lancé des salves d'ultrasons et vu l'image d'un tunnel qui s'enfonçait très loin, plus loin que les plus faibles échos de notre système de repérage.

Nous avons décollé. Agitant nos ailes parcheminées, nous nous sommes élancés au maximum de notre vitesse.

< Il ne faut pas oublier les serpents >, ai-je dit.

< Beurk. Beurk ! Beurk ! Beurk ! > a répondu prince Jake avec un petit frisson.

< Oui >, ai-je acquiescé.

Nous battions des ailes comme si notre vie en dépendait. Zigzaguant entre des rochers en saillie et des stalactites, prenant des virages abrupts, passant brusquement à la verticale pour franchir une cheminée qui se dressait soudain, ou au contraire plongeant tout aussi brusquement dans des puits. Tout cela nous apparaissait en quelques traits sans couleur, en image mentale.

Nous avons pris un coude en épingle à cheveux, et soudain...

Une explosion sonore ! Une véritable cacophonie d'ultrasons.

< Les serpents ! > me suis-je écrié.

Recourant à notre propre écholocalisation, nous les avons vus : ils étaient accrochés à la voûte et aux parois du tunnel et se contorsionnaient pour lancer leurs ondes dans tous les sens. Ils étaient des milliers ! Des millions ! Le feu croisé de leurs salves d'ultrasons perturbaient et brouillaient les nôtres.

Brusquement, dans ce vacarme d'ultrasons, les

images qui me venaient en tête se sont déformées. Je ne voyais plus que des lignes ondulantes et désordonnées. Des objets aux contours instables, qui semblaient avoir perdu leur consistance.

< Qu'est-ce qu'on fait ? > a demandé prince Jake.

< Comme dirait Rachel si elle était là : « on fonce dans le tas ! » >

C'était un cauchemar ! L'air grouillait de serpents venimeux. Désorientés, nous foncions à l'aveuglette, en agitant nos ailes de plus en plus déchiquetées à mesure que les serpents atteignaient leur cible.

Je perdais en maniabilité. Je perdais aussi en vitesse. Je ne savais plus du tout où était prince Jake. Je n'arrivais plus à distinguer le haut du bas. Je tourbillonnais en battant désespérément des ailes. J'étais perdu ! Perdu dans cette obscurité grouillante et hurlante.

Mais alors, hop ! Je me suis senti aspiré loin des serpents. Les murs du tunnel se sont écartés. La voûte du plafond a disparu. Et la lumière ! Une merveilleuse lumière scintillait tout autour de moi.

J'étais arrivé dans le trou brillant.

Je me suis élevé dans l'air confiné en agitant mes pauvres ailes en lambeaux. Les parois du trou étaient couvertes de fleurs et de plantes aux couleurs invraisemblables.

< Prince Jake ! Jake ! > ai-je appelé.

Mais il ne m'a pas répondu.

J'étais seul.

CHAPITRE
27

Je me suis posé sur une touffe de mousse, de lichen… ou de je ne sais quoi d'un orange criant. Et j'ai commencé à démorphoser.

Quelques minutes plus tard, un Andalite se tenait seul, dans un étrange lieu souterrain, complètement coupé du monde extérieur.

Le trou brillant faisait peut-être cent cinquante mètres de long et moitié moins de large. Le toit était à moins de trente mètres au-dessus de ma tête. C'était très grand, pour un trou dans le sous-sol. Mais cela me faisait l'impression d'un tout petit espace.

La pluie n'était jamais tombée ici. Le soleil n'y avait jamais brillé. L'unique lumière était la lueur verdâtre des parois. Une lumière qui n'augmentait jamais en intensité, et qui ne baissait jamais non plus.

C'était un lieu vivant, mais l'atmosphère y était mortifère. Un prodige de la nature, mais un prodige sinistre, qui oppressait l'esprit.

Au centre se trouvait un objet artificiel : un cylindre vertical, haut d'un mètre cinquante et de trente centimètres de diamètre. Sur le côté, un cadran où luisaient des chiffres bleus. Exactement à l'endroit que nous avait indiqué Galuit. Exactement comme l'avaient installé les agents des services secrets andalites.

J'ai regardé prudemment alentour. Pas de Hork-Bajirs, de Taxxons ni de Gedds en vue. Rien que des plantes contre nature dans un lieu contre nature.

J'ai soupiré profondément pour essayer de me détendre.

« Celui qui a eu l'idée de cette cachette a bien choisi son endroit », ai-je pensé.

Je suis parti au petit trot vers le cylindre. Mais le sol était irrégulier, accidenté, envahi de mousses et de lichens, de touffes de fleurs hideuses.

Pour finir, j'ai dû avancer au pas en prenant garde à l'endroit où je posais les sabots. Je ne pouvais presser l'allure que lorsque le terrain me permettait de sauter.

BABOUM !

Une explosion a fait trembler la grotte. La secousse s'est répercutée dans cet espace fermé et m'a fait tomber à la renverse, en m'assourdissant pendant quelques secondes.

Un flot de lumière vive !

Une pluie de cailloux et de gravats.

L'explosion avait ouvert une brèche en haut du trou brillant. Un rayon aveuglant de soleil leiran s'est abattu par l'ouverture.

Et, dans ce faisceau de lumière, j'ai vu des Hork-Bajirs sauter.

Leur chute était ralentie par de petites fusées fixées à leurs pieds et à leur queue. Les fusées dégageaient des flammes rouges. Deux, quatre, douze guerriers hork-bajirs tombaient au ralenti, en armant leurs lance-rayons Dracon. Je les ai vus scruter la grotte du regard tout en tombant. Ils cherchaient le cylindre. Et ils me cherchaient, moi.

Je me suis mis à courir. Tant pis si je me cassais une jambe. Je courais, je bondissais, je tombais et me relevais en toute hâte.

C'était une course entre moi et les Hork-Bajirs qui déferlaient par la brèche.

Tsiou ! Zzzaappp !

Le rayon Dracon a fusé vers moi, m'a manqué de peu et carbonisé un chou bleu vif.

Plus qu'un mètre !

Soudain, j'avais les mains plaquées sur le métal froid. Le code ! Quel était le code ?

Mes doigts ont couru sur les touches.

Tsiou ! Tsiou !

– *Het gafrash nur* ! a hurlé un des Hork-Bajirs.

Tsiou !

< Aaaahhhh ! >

J'ai senti une vive brûlure sur mon dos : j'avais été effleuré par un rayon Dracon.

Le code ! Le code ! Je l'ai composé. Était-ce le bon ? M'en étais-je souvenu correctement ?

Alors…

< Système activé. C'était la voix mentale synthétique et froide de l'ordinateur. Avertissement. Ce système est activé. >

Je me suis effondré contre le cylindre. Galuit nous avait dit qu'après avoir obtenu confirmation de l'activation du système, ils attendraient une demi-heure pour nous laisser le temps de nous enfuir. Une demi-heure, c'était trop long. Dans ce laps de temps, les Yirks parviendraient à désactiver le détonateur. Un énorme Hork-Bajir est tombé par terre juste devant moi.

J'ai enfoncé la touche de communication du cylindre.

< Ici l'aristh Aximili, ai-je annoncé. Allez-y maintenant. Maintenant ! Faites sauter les Yirks, libérez la planète ! >

– *Chaloc* Andalite ! a hurlé le Yirk qui était dans la tête du Hork-Bajir.

J'étais calme. D'un calme effrayant.

< Détonation dans dix secondes >, a averti l'ordinateur.

– Désactive cette arme ! a hurlé le commandant hork-bajir en galard, la langue interstellaire.

< Sept... >

< Non, je ne crois pas, Yirk. Cette fois-ci, tu as perdu. Et tu vas mourir. >

< Cinq... >

Fou de rage, le Hork-Bajir a braqué son lance-rayons Dracon.

– Tu mourras en premier, pourriture andalite !

< Trois... >

Il a appuyé sur la détente. Le rayon Dracon a fusé. A bout portant. A un mètre cinquante de mon visage.

< Un... >

J'ai vu le rayon Dracon s'arrêter, littéralement. Il s'est figé dans l'air comme si le temps s'était suspendu. J'ai entendu un petit bruit sourd : « Pan ! »

Et brusquement, j'ai cessé d'être là.

J'ai senti la chaleur de la peau humaine sous mes six pattes.

< Quoi ? > me suis-je étonné.

< Qu'est-ce qui…? > a hurlé Rachel.

< Oh, grave, grave ! Non, sérieux, s'est exclamé Marco. C'est bizarre grave, ce truc ! >

J'étais de retour. Sur terre. En animorphe de moustique. Nous étions tous de retour. Tous de retour ! Et tous exactement au même moment. Nous étions dans la chambre d'hôpital, entourés d'humains-Contrôleurs qui s'acharnaient à tirer des balles d'armes humaines par la fenêtre, en visant les buissons d'en bas. Ils essayaient toujours de tuer l'Andalite.

C'est-à-dire moi. Mais ce n'était pas mon principal problème. Car juste à ce moment, alors que j'étais tranquillement posé sur un carré de peau humaine vivante, hérissée de poils géants, un gigantesque objet s'est abattu vers moi, masquant la lumière du jour.

< Il ne manquait plus que ça ! a crié Rachel. Ax, bouge de là ! >

J'ai battu des ailes. L'objet, constitué de cinq doigts gros comme des baobabs, s'abattait violemment.

– Aïe ! a grogné Hewlett Aldershot, en plaquant sa main à l'endroit où je l'avais piqué. Aïe, a-t-il répété.

– Il est réveillé ! s'est exclamé un des Contrôleurs.

– Il ne devait pas se réveiller ! Il est dans le coma !

– Qu'est-ce qu'on fait ?

– Vysserk va nous tuer !

– La police arrive. Fuyons ! a prévenu quelqu'un.

– Sauvons-nous ! Sauvons-nous !

– Qu'est-ce qu'on fait de cet humain ?

– Nous n'avons pas d'ordres.

– Sauvons-nous ! a crié quelqu'un d'autre.

Et cette fois-ci, ils sont tous tombés d'accord avec lui. Ils se sont bousculés pour sortir. Quelques instants plus tard, une infirmière effrayée est entrée.

– Monsieur Aldershot ! Vous êtes conscient.

– Bien sûr que je suis conscient, a-t-il répondu. Mademoiselle, est-ce que vous vous rendez compte que cette chambre est pleine de moustiques ?

CHAPITRE
29

– **A**ttends une seconde, a dit Rachel. Nous avons été aspirés un par un jusqu'ici, à travers l'Espace-Zéro, à des moments différents. Et pourtant, nous arrivons tous ensemble ? Et il ne s'est pas écoulé de temps ?

J'ai hoché ma tête humaine. Nous étions au centre commercial. A l'endroit où se trouvent les excellents établissements d'alimentation. J'étais en animorphe humaine. J'adoptais un comportement humain parfait.

– Exactement, Rachel. Ek-zac-tement. Teu-ment. Nous sommes revenus au moment précis où nous avons été happés. Nous avons tous été happés au même moment donc, logiquement, nous sommes tous revenus au même moment. Happés. Happés est un mot bizarre. Hap-pé. A-P.

– Ouais, est intervenu Marco, c'est surtout ça qui est bizarre : le mot « happé ». Qu'on se soit changés en moustiques pour sucer le sang d'un type qu'on voulait morphoser et, au lieu de ça, qu'on se soit retrouvés au beau milieu d'une guerre pour le contrôle de grenouilles jaunes télépathes, ah, et puis j'oubliais, qu'on ait fait sauter un petit continent plein de Yirks et sauvé une espèce tout entière, puis qu'on soit revenus ici pour voir que monsieur Je-suis-dans-le-coma se réveille quand il se fait piquer par un moustique qui est en fait un extraterrestre-centaure-scorpion-à-quatre-yeux en animorphe, jusque-là rien d'anormal. Une journée comme les autres. Cher journal : encore une journée banale et ennuyeuse, jusqu'au moment où quelqu'un a prononcé le mot « happé ».

J'ai reconnu le ton de sa voix : sarcastique. C'est une forme d'humour. Alors j'ai ri en produisant des sons buccaux.

— Ha. Ha-ha. Ha. Ha.

J'ai réfléchi, et j'ai ajouté :

— Ha.

Prince Jake, Cassie, Marco, Rachel et Tobias, dans sa propre animorphe humaine, m'ont dévisagé.

— Peux-tu nous dire ce que c'était, ça ? m'a demandé Rachel.

— J'ai ri.

– Ne... ne refais pas ça, Ax, a conseillé prince Jake. C'est perturbant.

– Oui, prince Jake.

– Ne m'appelle pas prince.

– Je t'appellerai « Jake anciennement connu sous le nom de prince ».

Marco a paru franchement horrifié.

– Oh, non. Maintenant il fait de l'humour. Grave, son humour.

– En fait, cette plaisanterie était de moi, a avoué prince Jake d'un ton pincé. Enfin, ça va, j'ai pigé, Marco. Tu es incapable de rire de mes plaisanteries. D'accord. Super. Je vais te dire, ça m'est égal.

J'étais un Andalite, tout seul, loin, très loin de chez moi. Loin des miens. Seulement parfois, les vôtres ne sont pas toujours les gens qui vous ressemblent physiquement. Parfois, les gens de votre propre peuple sont très différents de vous.

– Pouvons-nous manger des beignets à la cannelle, maintenant ? ai-je demandé, plein d'espoir. Des beignets ? Gné-gné ?